LETARGIA

LETARGIA

TRIZ PARIZOTTO

mqnr

le·tar·gi·a (s.f.)

É existir sem sentir, se portando na Terra feito um embrião suspenso no útero.

É o corpo que respira apenas por teimosia da carne, aprisionado no cárcere da consciência.

É a mente que rejeita o mundo e recusa a realidade, imersa num torpor viscoso — como dormir acordado.

É ser abandonado pela própria consciência, caindo numa ausência sublime de livre-arbítrio, entregue a uma inércia mórbida.

É uma alma em desistência.

É quando o terror já não assusta.

Triz Parizotto e João Doederlein

Introdução

Meu primeiro livro foi uma tentativa de compartilhar cenários que acontecem na minha mente e parecem singulares, na intenção de entreter um leitor interessado da mesma forma que minha imaginação entretém meu cérebro com violência em noites de pensamento descontrolado. O escrevi no meu tempo. E com uma linguagem muito mal trabalhada de quem cresceu em um sistema de ensino focado no vestibular e se habituou a escrever inúmeras redações por semana.

Esse meu novo projeto, que está em suas mãos, começou a partir de uma ideia que tive aos doze anos de idade e que iniciei no ensino fundamental, numa folha de caderno, enquanto ignorava as atividades acadêmicas.

Escrevi oito páginas, frente e verso. A professora, fingindo descaso o dia todo, esperou até o fim do expediente para recolher todo meu trabalho e entregar na diretoria.

Na manhã seguinte, quando a coordenadora me chamou, disse que a minha história era interessante, mas que eu não deveria fazer durante as aulas, e me devolveu. Depois, pediu minha agenda para deixar uma anotação aos meus pais. Eu entreguei, me mordendo de vergonha por essa mulher ter lido minha ficção de apocalipse zumbi.

Quando coloquei minhas mãos de volta no meu primeiro "manuscrito", amassei com um constrangimento profundo, e foi direto para o lixo.

Eu esperei doze anos para ler essa história. E hoje, pude reparar que nada me fez tão feliz quanto escrevê-la. De tudo que consumi, foi a que mais me deu realização. Descobri que ninguém nunca conseguirá agradar mais ao meu gosto do que eu mesma.

Depois de assinar os dois contratos com a editora, senti uma pressão do dever, claro, sobre meu trabalho. Inevitável, como qualquer gado enfileirado. Mas pude reparar que, quando eu tinha o futuro em mente, funcionava como um robô mal programado. Montar frases parecia difícil, construía coisas sem sentido.

Mas, se eu me esquecia do meu norte, da entrega, com expectativa de chegar a lugar nenhum — simplesmente porque o caminho era interessante — eu caminhava.

Era como se meu adulto social se desfizesse, dando lugar a uma criança escrevendo com desejo e imaginação outra vez.

E talvez seja banal para alguns ou confuso para outros. O que não oficializa como algo bom ou ruim — são visões. Cada um tendo as suas.

Com as diferentes opiniões que ouvi sobre minhas primeiras tramas, fui capaz de reconhecer vícios e pontos de vista inimagináveis, por vezes, até mais interessantes do que os meus. O que foi importantíssimo.

■

Somos muito influenciados por tendências hoje em dia. Não há mal em experimentar o que já foi feito por outros, mas apenas seguir a moda obsessivamente, em busca de relevância, acaba por restringir a descoberta da sua singularidade, que só aparece, quando se permite testar, com atenção e curiosidade.

Criações brilhantes estão deixando de ser especiais porque não reparamos com carinho em nossos próprios elementos, ocupados em reproduzir ações alheias. Nos tornando imagens semelhantes a todas as outras que passam por aí — muitas vezes forjadas.

O que tem enlouquecido todo mundo é não se permitir ser o que é, e ser visto. Você nunca vai existir de maneira plena se não se permitir explicar, analisar e julgar um pouco menos, sendo fiel às suas vontades e a quem você foi, é e vai ser.

Errar boas vezes ao longo da vida me trouxe certa confiança para ver o que acontece. Já decepcionei mais antigamente e posso dizer que os piores cenários que imaginei, concretizados, ainda assim não foram o fim. Não porque eu dei conta, mas porque tinha meus cachorros para amar. Toda minha inspiração só existe em nome do meu Murphy e da minha Atena.

Com a perda deles aprendi que tudo é realmente impermanente, ao mesmo tempo que existe. E que, até quando perfeito, uma hora também traz dor e acaba. Não se culpe ou ache que de nada valeu.

Apenas deixe que o que ama viva, independentemente do depois. Não temos controle sobre o que nos cerca, vivemos em uma sociedade incoerente, e o tempo passa.

Mal somos evoluídos a ponto de entender fragmentos da nossa posição na existência, conseguimos apenas classificar dentro de termos. A linguagem não exibe verdades exclusivas, apenas humanas. Aceitar isso é acessar a "brinquedoteca" da experiência terrestre. Existir para além dos limites das normas sociais. Não rejeitando a beleza e a ordem, mas reinterpretando a maneira padrão, que é repleta de sofrimento.

Apenas nós, por nós mesmos, podemos realizar sonhos honestos e "simples" de uma criança — como amar zumbis.

O medo é confinante, mas quem mergulha em si, estará bem afortunado.

A CARNE
NOS OSSOS

Depois de sair da casa de sua família, você se mudou para um quarto num sobrado, compartilhado com mais duas pessoas, com as quais não tem muito contato ou coisas em comum.

Você já tem alguns anos de idade e coleciona amigos com diplomas, empregos, moradias e parceiros melhores que os seus. Está ficando para trás. Não se sente mais conservado e com tempo, como antes.

A vida do autônomo é corrida demais para ter energia de sair e conhecer gente nova. Toda a dificuldade de estar presente, a aproximação, a performance, parece mais do que cansativo.

Foi a sua necessidade de validação e os seus vínculos frágeis que fizeram você me curtir. Com uma foto, poucas informações pessoais — e uma velocidade desesperada.

Você precisava se sentir visto.

Se envolveu sem saber quase nada a meu respeito. Veio à minha casa logo no nosso primeiro encontro e devolveu pouco às minhas perguntas.

Gostou de ser o centro.

Olhou com carinho para a dieta específica que sigo, para o meu cuidado obsessivo com a casa e amou a minha arte.

Você, que já perdeu mais do que amava.

Comprou meu abajur feito com o esqueleto de um peixe grande. Caro, mas que te trouxe sensações curiosas, porque te fazia lembrar de quem sente mais do que saudade.

Me trouxe um filhote de pássaro que encontrou caído debaixo de uma árvore, querendo agradar. E eu te fiz um anel com a pequena coluna vertebral dele.

Os órgãos taxidermizados te causavam má impressão, você achava que pareciam comida.

Você me presenteou com incensos e, desde o início, gostou de tomar banho junto.

Achou minha colônia respeitável, meus incontáveis dermestídeos acumulados num aquário.

Você queria alguém para depender. Alguém para pertencer. Queria se sentir presente em algum aspecto.

Com o passar dos dias, sentiu medo, passou a procurar por qualquer sinal de rejeição. Estava apegado demais. Eu gostei. A ausência de uma individualidade estruturada, de projetos, de amigos próximos e de uma rotina tornou sua bela existência algo precário.

Priorizou um relacionamento para não ter que tentar a vida. Permaneceu nesse estado de inércia por medo de fracassar em ter um rumo.

Não sei quem você é, francamente.

Para mim, você é quem imaginava que iria me agradar. E agradou. Diluiu sua identidade em alguém desconhecido para não encarar o vazio da estagnação.

Querer viver em função do outro, para alguns, é um desejo antigo. O retorno ao primeiro abrigo — quente e protegido. Não precisar se mover, trabalhar, decidir... É ter o coração alheio como referência de tempo. Uma sobrevivência passiva, carregada e nutrida.

Você ama isso. Ser parte de um corpo que não é seu, mesmo que isso custe a própria estrada. Nunca nascer por inteiro.

O ventre que te gerou te rejeita, é compreensível. Eu nunca tive essas questões. Meus pais sempre me ofereceram aprovação.

Meu pai foi meu principal regedor de caminhos. Foi ele quem me ensinou que, se você vê beleza em algo, deve preservar.

Tanto me aceitaram que, no fim, quiseram ser preparados por mim. Hoje os tenho aqui, nos fundos de casa.

Você parou de se levantar na hora para trabalhar no quiosque do shopping. Logo perdeu a última obrigação que ainda tinha. Em duas semanas, já passava dias na minha casa, registrando minhas obras e processos. O suficiente para que eu confirmasse: realmente, ninguém sentiria sua falta por um bom tempo.

Essa noite você me faz uma massagem no trapézio. Se deita do "seu lado" da cama e adormece, sem nenhuma preocupação. Eu apoio um pano com clorofórmio no seu rosto, para me certificar de que você não despertará tão cedo.

Tiro minha coberta e toda a sua roupa. Vou até minha oficina nos fundos, pego meu pote enorme de vaselina e dois cateteres. Ensebo seu corpo inteiro com lubrificante, desde os cabelos até os pés. E começo com os excretores.

O primeiro tubo que insiro em você é o da urina. A sonda vesical é introduzida pela sua uretra e vai até a bexiga. É bem meticuloso. Precisa ser fina e estar bem deslizante. Enquanto faço, você tem diversos espasmos e contrações musculares intensas nas pernas. É natural, seu canal foi feito para líquidos leves, não corpos intrusos, ainda mais gelados assim. Eu sinto a progressão como um verme escorregando carne adentro.

Quando a bexiga é alcançada, vejo sua urina saindo, confirmando o lugar. Dentro do mesmo fio estreito, existe um fio extra, que transporta um líquido para inflar um balão escondido na ponta do cateter, feito de látex, que impede a saída involuntária da sonda. Estando no interior, só precisa ser expandido. Para isso, injeto soro no canal secundário. Seu ventre dá um pulo espasmódico.

Te coloco de lado.

O segundo é o retal, essa sonda tem um tubo bem flexível. Mas parece a pior para você. Faço a travessia de quinze centímetros do ânus até o reto inferior, suas pulsações involuntárias se intensificam. Sua coluna sobe como nos filmes de possessão, em trancos.

Concluindo, a ponta do tubo fica solta entre suas nádegas. A amarro na parte interna da sua coxa e conecto — assim como fiz com a da uretra — às bolsas coletoras externas.

Volto à oficina, pego mais dois cateteres, uma quantidade generosa do meu gel manipulado de perfluorocarbono e mais alguns acessórios. Dessa vez, um tubo orogástrico será instalado para conduzir um líquido viscoso e esbranquiçado da sua garganta ao estômago. Esse tem o calibre mais largo, mas nada que você não aguente. Normalmente usam anestesia para esse tipo de manipulação, mas eu não tenho.

Eu inclino sua cabeça, elevando seu queixo até que fique em um eixo reto, deixando seus órgãos guturais alinhados. Abro a sua boca, apoio o tubo sobre a língua e começo a descer. Conforme ele vai deslizando, consigo ver os músculos da região do seu esôfago saltando em câimbra. Você se debate bastante, fico com receio das coisas se soltarem, mas isso não acontece.

Você permanece desacordado, com o corpo inteiro pedindo por ajuda. O cérebro restringido o deixa totalmente disfuncional para se defender.

Confirmo que a posição está correta depois de aspirar algum suco gástrico, com a mesma seringa que vou usar para te alimentar. O seu engolir foi terceirizado.

Decido que está na hora de colocar a agulha fina, vou puncionar sua veia das costas da mão. Escolhi esse lugar para que seus braços possam ficar encolhidos.

Seus vasos sanguíneos são difíceis de encontrar, muito finos. Tenho que procurar com a ponta aguda, mexendo por dentro da sua pele, de um lado pro outro, até que o sangue se manifeste no cabo.

Com fitas, colo suas pálpebras, ela mantém seus olhos abertos. E injeto a primeira dose do meu paralisante periférico, que atua apenas no corpo esquelético. Diferente do clorofórmio, que gera perda de consciência, mas possibilita que o corpo se mova em resposta, ele não afeta os nervos cranianos diretamente, deixando você consciente. Não causa sono nem dor. Tenho autorização de uso por realizar taxidermia de animais exóticos.

Tiro a agulha de dentro de você, deixando apenas o acesso.

Você se acalma totalmente, óbvio, em três segundos. Conecto um equipo de soro para te hidratar e permitir a renovação da substância paralisante ao longo dos dias.

Eu te sento para o último passo.

É o entubador nasotraqueal, que entra pela narina esquerda e desce pela nasofaringe. Nesse caminho, o tubo excreta um pouco de sangue, que escorre para fora de seu nariz, adentrando os lábios. Tomo mais cuidado ao passar pela laringe e traqueia.

Também tem um balão que se instala logo antes dos brônquios. Inflo com o ar para vedar a passagem para cima. Dá para ver o relevo inchado através da pele do seu pescoço.

Tenho que ir bem aos poucos, seus olhos têm uma expressão de afogamento e engasgo contínuo.

Um pouco mais de sangue escorria. Não o suficiente para eu fazer algo a respeito. Uso esse equipamento para encher seus pulmões com o fluido no qual você ficará afundado. E para instalar um ventilador de bombeamento automático, que vai te manter imerso. Comprei ele online, foi caro, mas é essencial.

O gel de perfluorocarbono manipulado é respirável, sintético, antimicrobiano e carrega oxigênio e dióxido de carbono. Coloquei alguns antibióticos e nutrientes extras na mistura. Ficou viscoso e denso, capaz de te manter flutuando suspenso. Continuou translúcido e levemente rosado, como uma placenta artificial. Um ventre que não te excreta.

Volto para a oficina, trago o aquário com rodinhas e coloco você na beira do leito, bem rápido.

O aquário tem saídas para todos os equipamentos que ficam acoplados a você.

Encomendei ele sob medida para minhas necessidades. Possui dois buracos em cada lado do retângulo com arestas menores, eles têm roscas que não permitem que o gel escape, velando as saídas por onde os cabos internos se conectam às suas metades restantes, exteriores, que separo simplesmente cortando.

Eu te levanto como um noivo que segura sua mulher nos braços no dia do casamento, porque é o único jeito que consigo te carregar. Testamos naquela noite em que ficamos bêbados à toa competindo força.

Me sinto em plena capacidade. Te submerjo no líquido denso. Escolho como você vai ficar, seu jeito favorito de dormir: posição fetal, com o lado direito para o teto. Seus batimentos no peito, de tão intensos, eram visíveis. Um reflexo de pânico, acredito.

Assim, você se encontra sob controle absoluto, total submissão. Sua estabilidade depende de mim, como queria. Há quem chame isso de cárcere, mas não você. Está livre de escolhas, responsabilidades básicas e de si mesmo. Em um alojamento, flutuando num líquido ambiente, onde minha presença e atenção é tudo o que você precisa.

Queria te conservar sem precisar entubar, para não ferir a estética. Mas ainda não consigo.

■

Finalmente, acaba de iniciar o seu primeiro dia em paz, minha peça viva. Sua aparência é quase estática, exceto pelas pulsações internas visíveis. Os condutores estão funcionando, é hora de te alimentar.

O líquido que escorre pela sua garganta é uma fórmula com proteína, cálcio e nutrientes para manter a força e suplementar o que está em quantidades insuficientes. Comprei na farmácia. Por dia, preparo quatro refeições de trezentas gramas desse pó, diluído em duzentos e cinquenta mililitros de água fria, pra você. Toda vez ponho no tubo orogástrico, manualmente.

Seus olhos permanecem abertos, o que os deixa cada vez mais irritados. Mas nesse tempo, você conhece um pouco mais do meu eu. Finalmente pode me observar cruamente. Descobre que minha máscara decorativa pendurada, na verdade, é de uso. Ela me permite observar sem exposição. Isso me desprende da sua expectativa, que durante nosso tempo juntos, foi algo que te trouxe boas inseguranças. A máscara é feita de gesso, dentes de animais e enxertos de pele de áreas pouco visíveis do corpo dos meus pais. É inspirada na expressão que minha mãe teve em seus últimos meses de vida. Ela faleceu de uma doença crônica que a consumiu, seu rosto não era o mesmo, estava desnutrido e apático pelas medicações.

O que deu origem a essa minha ideia de conservação foi querer que seu pulmão disfuncional se alimentasse de vida novamente. Queria evitar a sua degradação, reter antes de falhar. Ela não precisaria que o corpo lutasse sozinho para existir. Eu queria que ela pudesse ficar no fluido quente, como fez comigo. Num lugar seguro, eu a teria segurado. Como uma escultura excretando presença. Não tive tempo de acertar. Anular seu peso biológico. Apesar disso, é um projeto em andamento. A perdi, mas é um caminho que escolhi continuar.

■

Seus olhos sensíveis me seguem enquanto conseguem. Em quarenta horas, começam a esbranquiçar e amarelar um pouco, à deriva.

Fora isso, suas secreções são geradas com regularidade.

Em setenta horas, você, privado de sono — necessidade que não pensei em como controlar — começa a ter delírios e colapsos neurológicos. Deixando de me acompanhar, preso num pânico interno. Não é o que eu gostaria. Minha vaidade prejudicou a experiência.

No terceiro dia, mudo você de posição. Não sei se seus olhos se recuperarão, mas os fecho temporariamente para oferecer descanso.

Você não parece mais consciente como no início. Tem aspecto de paralisia total.

No quarto dia, sua pele começa a apresentar aparência doentia, com rachaduras, bolhas e um inchaço descomunal. Fica inteira com uma textura enrugada. Acredito que a película esteja asfixiando sua epiderme.

Suas extremidades arroxeiam, definhando.

Eu sabia que você não ia aguentar muito, mas achei que duraria pelo menos um pouco mais. Seu corpo está cadavérico, numa crescente deterioração.

■

Hoje fez um mês que você está alojado em minha casa.

Decido te tirar do aquário.

Percebo que há muitos resíduos em sua cavidade oral. Minha fórmula, calcificada nas extremidades, exalou um cheiro verdadeiramente de morte que me empesteou quando mexi, pensei em tirar para limpar. Desisti.

Sua deglutição é ruim, seu corpo inteiro parece podre e infeccionado, abro suas pálpebras, mas seus olhos não expressam nada. Sua aparência não me agrada mais nem um pouco. Imagino se você se enxerga de alguma forma, enquanto alguém, depois dessa experiência. Se você se viu de fora em algum momento, seu corpo letárgico, mas acordado, como num sonho em terceira pessoa.

É tarde, não quero mexer com você agora.

Antes de dormir te deixo novamente submerso em seu cubículo, nos fundos de casa. Longe do meu alcance.

Acordo sem inspiração. Te alimento e faço sua manutenção cada vez menos. Chego a não colocar o paralisante. Mas você não esboça reação, apesar de seu coração ainda bater. Seu pulmão também parece muito frágil, lesionado.

Meu gel ainda é tóxico a longo prazo, ineficiente.

Você tem falência múltipla. Rejeitou meu ventre.

Tiro os equipamentos de você, que vira comida para minha colônia de dermestídeos.

Não me sensibilizou a ponto de sentir vontade de te guardar.

Separo sua cabeça com minha serra de ossos, porque é a parte que eles mais gostam. Devoram primeiro seus olhos, depois seus lábios, o interior de sua boca, gengivas e bochechas. Mas eles não gostam da sua pele — pelos químicos, certamente. Não comeriam seu corpo.

Pedi para minha amiga de infância, que trabalha como operadora de saneamento básico, trinta litros de base corrosiva de soda cáustica. Sempre vou direto a ela, que não estranha, e me explica com cuidado como usar os recursos que peço, porque sempre fui assim, amante da preservação. Às vezes peças não ficam perfeitas, e não posso descartá-las no lixo comum.

Apesar de a venda ser legal no Brasil, costumam limitá-la a uma concentração doméstica, com ela consigo barato e em grande quantidade.

Diluo em setenta litros de água no meu tanque retangular de plástico HDPE da parte externa e coberta da oficina, e te jogo ali dentro. Os restos da sua cabeça também. Demora só cinco horas para dissolver completamente.

Para mim, você nunca foi mais do que carne nos ossos.

DAS TRIPAS
CORAÇÃO

Essa noite tive um pesadelo. Nele, eu era um deles e olhava nos olhos da minha mãe. Eles me refletiam. Era como se falássemos a mesma língua. Estávamos no quintal dos fundos de casa, sem ocupação, apenas esperando que algo nos estimulasse.

Ela começou a se aproximar a ponto de nos encostarmos, eu aceitei. Ouvi silêncio. Nosso redor estava em harmonia com a natureza. Eu cambaleei, amortecida, até que um som de porta batendo me despertou.

Segui como se fosse uma ordem de chamado, a deixando para trás. Cheguei no cômodo que sabia que era o certo. E violentamente esmurrei a porta, mutilando meus punhos. Minha pele se desfazia na madeira, meus movimentos eram cada vez mais compulsivos — esse estado era desesperador. Quando minhas mãos ficaram enfraquecidas demais, comecei a golpear com a cabeça. Filetes das tábuas começaram a se soltar, depois a se romper. Dentre os feixes quebrados, os pedaços despontados assumiram formas perfurantes, por onde atravessei meu rosto. Cada fragmento rasgava minha pele, dilacerando-a. Retalhei a porta completamente, a minha face também, até que pudesse avançar.

Lá dentro havia um berço com uma massa de carne que pulsava em espasmos e se retorcia sem controle. Emitia sons sufocados e indissipáveis. Era viva e involuntária. Apenas tinha respostas físicas ao que a havia sido imposto. Um corpo aprisionando uma existência. O levei até a boca.

Devorei, só para que não sobrasse nada. Meus poros começaram a borbulhar, queriam mais violência.

Olhei para baixo e enfiei minha mão dentro do meu estômago, como se fosse acessível, e puxei um órgão rugoso, deformado e latejante, que se parecia com aquela coisa. Segurei e, novamente, entreguei aos dentes. Dessa vez, não consegui engolir, minha garganta fechava e soltava ruídos, bloqueada. E insistindo, acabei colocando tudo para fora, num jato de sangue que não acabava.

Foi interrompido quando grunhidos nos fundos me atraíram de volta. Lá, homens, que eram na verdade figuras deformadas, quase psicodélicas, estavam arrancando minha mãe de seu lugar. Ela mordia um pano que amarraram em sua boca e tinha as mãos presas para trás, se debatia. Antes que eu a alcançasse, os alvos, agora mais distinguíveis, começaram a fazê-la em pedaços, puxando e arrancando seus membros. Seu corpo era lançado de um lado para o outro, e a cada movimento, uma parte sua se fragmentava nas mãos daquelas pessoas — membro por membro.

Sempre tive sonhos brutais, mas esse foi especialmente doloroso, suas imagens me afetaram com muito peso.

Já sentia clareza sobre o que tínhamos que fazer, mas essas visões me deixaram em estado febril...

■

Desde que eu era criança, fantasiava frequentemente sobre um cenário onde todos, exceto algumas pessoas (sobreviventes épicos), morressem e se transformassem em uma massa ambulante de carne sem pensamentos humanos. Na minha cabeça, eu, de dez anos de idade (que não gostava de fazer educação física), faria parte dos remanescentes. Eu atormentava meus pais com questionários desse meu sonhado contexto. Perguntava para minha mãe:

— Se eu virasse um morto-vivo, o que você faria comigo?

— Não quero pensar sobre isso.

Eu insistia. Gostava de atormentar, de fazer uma mãe imaginar como seria se seu bebê se tornasse uma criatura dissimulada, violenta e canibal.

— Te guardaria, cuidaria e levaria comida, como sempre fiz.

Eu impunha que não fizesse isso, dizia que preferiria morrer.

— E se descobrissem uma cura? — ela retrucava.

— Se trouxessem uma coisa dessa de volta, seria maldita, o zumbi de um zumbi, não uma pessoa. E se funcionasse, imagina como ficaria minha cabeça humana com memórias de morto-vivo?

Ficávamos nisso até ela dizer:

— Então eu te mataria, o que você quer que eu fale?

— Que vai estourar a minha cabeça, é o jeito certo.

Minha mãe era uma mulher religiosa, sempre pregava: "Não importa que o caminho pareça duro, Deus sempre tem um plano". E eu rezava, pedindo que seu grande projeto fosse o apocalipse zumbi. Tentava convencê-lo de que poderia ser uma boa solução para a alienação que vivíamos.

Quando entrei na adolescência, fiz catequese e crisma, mas o padre da igreja próxima à minha casa me causava mais aversão do que interesse em estar ali. Era um velho grotesco que tinha a língua afiada na estupidez. Associei a religião a isso, questionava muita coisa.

Nessa mesma época comecei a ter mais acesso à internet, conheci o ateísmo e achei descolado.

Aos treze anos, contei para os meus pais que eu não acreditava em nada, pois, quando a depiladora da minha mãe teve câncer e não quis fazer tratamento, alegando que Deus a salvaria, ela morreu. Para mim, isso era um bom argumento.

Dez anos depois, quis acreditar que Ele decidiu me atender.

No primeiro dia que o caos se instaurou, eu estava cortando as unhas do pé no sofá, enquanto meu pai trabalhava em seu escritório de casa. A TV estava ligada em um canal aberto, só pra ter algum barulho de fundo. Quando de repente uma reportagem no Jornal da Tarde, muito agressiva, chamou minha atenção. Eram vídeos feitos pelas pessoas com seus celulares em diferentes estações de metrô, em São Paulo. Uma multidão corria, e incidentes violentos aconteciam. Uma bagunça desenfreada reinava.

Entrei nas redes sociais e nos destaques do momento apareciam novas gravações: um empurra-empurra de gente caindo na linha, trem passando por cima, barricadas sendo montadas dentro dos vagões, as portas automáticas abrindo e fechando, prensando figuras aparentemente inumanas. Meu cérebro não estava computando.

Ouvi aquele alarme que só toca para informar notícias urgentes. Minha mãe estava visitando meu avô numa casa de idosos, então gritei apenas para o meu pai, avisando que um plantão estava passando. Ele logo veio ver. Ficou em pé, com os braços cruzados e a barriga estufada para tela, enquanto ouvíamos o repórter:

A Organização Mundial da Saúde declarou uma nova pandemia global. A medida, divulgada hoje, reflete a rápida disseminação de uma variante do vírus da raiva, que sofreu uma mutação inesperada. Tem sido chamado de 'KM-vírus'. Em resposta, o Ministério da Saúde do Brasil, por meio do Centro de Operações de Emergência em Saúde Pública, declarou nível máximo de emergência.

Recomenda-se, sob pena de intervenção, que a população permaneça onde estiver, com portas e janelas trancadas e bloqueadas.

As escolas e universidades estão suspensas, e eventos públicos foram cancelados. A infecção se dá pelo contato direto com fluidos contaminados, geralmente através de mordidas de um infectado; estes apresentam movimentos erráticos e comportamento altamente agressivo. Humanos, morcegos, cães, gatos, bovinos, equinos, suínos, caprinos, primatas, gambás, capivaras e outros animais silvestres podem ser transmissores.

Os contaminados, assim como a raiva tradicional, apresentam hidrofobia — a água os assusta e irrita. Reserve-a para situações emergenciais.

Se você vir qualquer infectado, seja familiar ou desconhecido, saiba que não apresentam racionalidade humana, irão atacar para se alimentar e proliferar o vírus. Fiquem onde estão e guardem o máximo de suprimentos possível.

Em nota oficial, o COE *autorizou medidas extremas de contenção para proteger a si mesmo e aos outros. Isso inclui o uso de força letal contra infectados. Ataquem regiões vitais do corpo e lembrem-se: a vida humana deve ser preservada a qualquer custo.*

Em seguida, chamaram um especialista para explicar sobre a mutação. A mesma reportagem ficou passando em *looping*, mesclando com atualizações breves.

Eu havia descoberto só nesse momento, mas os relatos já estavam bombando há dias na internet. Eu não me informava pelo celular, nas minhas redes só tinha desenhos e *gifs*, havia restringido as postagens de destaques do momento. O povo da TV errou feio em não documentar com clareza e seriedade a situação antes de se tornar incontrolável, assim como o algoritmo, em não contornar a restrição em nome de uma emergência pública, ainda mais essa, tão pessoal para mim.

Dito tudo isso, gostaria de ressaltar como nada faz sentido. Mas antes, também não fazia. Veja só: se existissem monstros, criaturas das quais não sabemos a origem, isso por si não as nega existência. Afinal, também não compreendemos completamente nossas próprias condições.

Pense na gravidade, por exemplo. Por séculos, ela foi estudada como uma força invisível que mantém nossos pés presos a uma rocha flutuante recheada de lava — que, por sua vez, faz parte de um conjunto de várias rochas enormes que circulam ao redor de uma outra, que está "pegando fogo". E o ser humano, em sua plena capacidade cognitiva, diz que consegue explicar o que é a gravidade. E faz isso com números organizados em fórmulas, comparados a outros números. Números esses que nós inventamos, dentro de nossa linguagem, para medir coisas e nos comunicar. Com eles, definimos unidades de tempo, peso e espaço, conceitos que ajudam a organizar nossa realidade. Mas a natureza existe independentemente desses caracterizadores humanos.

O fato de uma maçã cair em direção ao solo, assim como a Lua orbita a Terra, é algo que a física pode medir, prever e até nomear. Mas não explica o *existir*.

O que faz do desconhecido sobrenatural? O que classifica a nossa existência como algo que faz sentido e a de zumbis não? O que é "natural"?

Tem animais muito mais estranhos, os polvos têm nove cérebros, *três* corações, sangue azul, são invertebrados, capazes de alterar o próprio RNA, de imitar bichos que nem sequer viram e mudar a cor da pele, sem enxergar cores.

Por que uma criatura que apenas come, caga e busca se proliferar é tão maldita?

Antes, quando o mundo era "normal", queriam que nós, mesmo com nada — repito: *nada* — fazendo sentido, acordássemos todos os dias e servíssemos a um sistema de ordem para o benefício alheio. Era como jogar um "pague para ganhar", não importava o quão bem você jogasse, ainda assim dependia muito das cartas com as quais os outros começaram.

Eu já pensei: deve ser uma simulação que nos leva a algo maior. Mas não é possível, por que inventariam algo para ficarem presos, serem explorados e viverem de maneira miserável dentro de uma sociedade ruinosa?

Nada nunca fez sentido, e eu não fazia questão de aceitar. Tudo só acontecia, sem propósito. Quando me mexia, me sentia como uma mariposa voando para aquelas luzes que dão choque, para uma promessa de vida que me mataria.

Agora, no apocalipse, perdemos qualquer sensação de propósito e boa parte da noção espaço-temporal.

Priorizamos o que resta, o que realmente importa. Notamos os arredores, e celebramos vestígios cotidianos, sem culpa. Coisas simples, ignoráveis antes, instantes. Podemos apreciar não luxos ou reconhecimento social, mas o efêmero, que nos lembra que somos humanos e o que é ser um humano. Nossa morada está no ínfimo. O mundo não é nosso, nunca foi. O futuro não é nosso, ele nunca existiu. A vida segue seu curso, o que será, será.

■

Fiquei pasma, com as mãos cobrindo a boca e circulando pelos meus cabelos, que eu quase puxava. Era um sentimento de êxtase. Meu corpo vibrava. Meus olhos brilhavam. Era tudo tão... meu. Como se eu tivesse sido feita para aquele momento, e ele, para mim. Acreditei que era uma prova pessoal de Deus. De que todo esse tempo, Ele estava me olhando, mesmo com a minha descrença. Ainda me ouviu e concordou comigo. "Não importa que o caminho pareça duro, Deus sempre tem um plano." Minha mãe estava certa, pensei.

Ela sempre foi muito atenta ao celular, mas nesse dia, quando ligamos, a chamada mal tocou. Meu pai pegou a moto e saiu à sua procura, logo após a primeira transmissão que ordenava que ninguém saísse de onde estava. Morávamos numa rua sem saída, e na entrada, havia um mercadinho. Ele me mandou ir até lá e pegar tudo que eu conseguisse, depois voltar para casa e encher todas as bacias e recipientes com água potável. Eu segui suas ordens.

Fui até a cozinha e achei que me sentiria uma maníaca pegando uma faca na gaveta e enfiando na calça para ir até o mercado, mas eu estava lúcida, habitava em mim uma ação primal.

Nossa casa ficava na Vila Nova Savoia, um "sub-bairro" da Vila Matilde, uma região alta e relativamente nova, sem muito movimento, nem prédios em volta, no máximo sobrados de dois ou três andares. Tranquei a porta de casa, o portão da garagem e saí.

Nessa rua, todo mundo se conhecia. Vi minha vizinha da frente, Denise, em sua janela, segurando seu gato laranja no colo. Ela acenou e me perguntou:

— Você ouviu o rádio?

— Ouvi a TV — respondi, sem parar de avançar.

— Volta pra casa menina, aonde você vai?

— No mercado! — continuei andando.

— E pra onde foi seu pai?

— Buscar a minha mãe pra ficarmos juntos.

— Então me traz papel higiênico e leite, menina!

Pensei: Papel higiênico, ok. Agora, leite? Pra que ela queria isso? Ia durar poucos dias. Será que era pros gatos? Não sei se eles bebem leite... Quando filhotes, sim, da mãe. Mas nunca vi igual nos desenhos animados, bebendo no prato. Ou será que ela precisava de um pingado pra acompanhar o colapso? Talvez um gosto de infância antes de tudo acabar... Manter rituais para tentar sustentar uma normalidade... Não sei. No fim das contas, tudo tem data, se esgota. Escolhi parar de julgar.

Enfim, na rua que dava entrada para nossa casa, tinha muito mais carros do que o normal. Não parava de chegar pessoas no mercado, e as que estavam dentro pareciam agarrar o que viam pela frente. Apesar da quantidade de gente, tinha bastante coisa. Cheguei cedo. Peguei um carrinho, mirei em não perecíveis: grãos, latas e bolachas.

Enchi bem. Quando finalizei, prateleiras estavam começando a ficar vazias.

Vi um homem roubando o carrinho de outra pessoa e lembrei que minha mãe sempre dizia para não largarmos o nosso por aí enquanto fazíamos compra, nunca vi sentido, mas nessa hora, fez. Percebi outro cara abrindo o armário de cigarros. Meu pai fuma, uma abstinência no fim do mundo seria ruim. Coloquei a mão e peguei qualquer engradado de maços que vi pela frente — dois. Fiquei me perguntando se teria que passar no caixa, mas não tinha ninguém ali, então só saí.

Ouvi gritos, olhei para a direita e, no farol da esquina, vi uma figura humanoide quebrar a janela lateral de um carro com a própria mão. O som do vidro estilhaçando ecoou junto de um urro. O motorista se debateu por alguns segundos e entrou num estado frenético, como aquele que o havia atacado. E avançou nas pessoas que estavam no carro, acho que era sua família. Mais gritos.

Em um momento, vi os ataques em vídeos e logo depois, estavam bem na minha frente. Uma excitação tomou conta de mim. Corri até minha casa, a última da rua, que estava silenciosa. Por ser uma sem saída, ninguém se atrevia a entrar.

Vi Denise na janela e percebi que havia esquecido do leite e do papel higiênico. Gritei para ela:

— Denise, não deu! Fica em casa, por tudo!

— Tá! Tá! Se cuida menina!

Levei as coisas para dentro, no carrinho, e deixei no meio da sala. Fiquei no portão, trancado, observando, com o pulso acelerado, esperando voltarem.

Meu pai chegou e entrou rapidamente, descendo cambaleante da moto. Estava sem ar e levantava a mão em direção à porta. Fiz menção de pegar a faca, mas não precisei.

Tranquei de novo o portão e o segui. Tinha chegado sozinho.

— Cadê a mamãe?

Ele andou em silêncio até o escritório, onde tinha deixado seu maço, sentou na cadeira de trabalho e acendeu um cigarro. Meu pai nunca fumava dentro de casa. Fiquei encarando-o, quieta. Ele olhava para baixo, tinha olhos de pesadelo.

O núcleo do apocalipse em São Paulo foi na rua Tuiuti, na estação Tatuapé do metrô. A casa de repouso onde meu avô ficava era nesse mesmo bairro, mas um pouco distante do epicentro.

Era cercada por uma área externa, com paredes que costumavam ser de vidro, para que os idosos pudessem observar a rua. Muitos tentam escapar desses lugares de cuidado, por isso são fechados. Eles veem como castigo, privação de liberdade. Acham que sabem o que é melhor, mesmo quando não entendem, como crianças. Batem o pé e ignoram o que todo mundo vê.

Tudo que é novo parece uma língua desconhecida, a qual os idosos se recusam a aprender, esse é o grande problema. Acho que é porque o convívio humano moderno exige escuta, e eles não aprenderam o básico de comunicação. Ainda assumem que, por serem mais velhos, devem ser vangloriados. Vivem de reflexos de um tempo que não volta mais, amargurados. Presos a frases simples que repetem e a besteiras, como performance de masculinidade.

Quando fui visitar meu avô, ele estava ao lado de um homem que falava:

— Viu quem te deu banho? Pegou logo a mais gostosa!

— Sim, a dos seios fartos! — respondeu meu avô. Eles riam de maneira maliciosa.

Ele é cego. Não viu a mulher. Ainda assim, conseguiu transformá-la em objeto de desejo e sexualizar uma prestadora de serviço que limpava sua bunda enrugada.

Sei que não é uma ameaça ativa, nem que ele quisesse conseguiria violentar alguém com seu corpo de noventa anos de idade — só com palavras. Mas a questão é que se ele pudesse, seria um predador, como foi em sua juventude.

Enfim, tá aí mais uma coisa boa do apocalipse: pouquíssimos velhos.

Eu disse que a área *costumava* ser envidraçada, pois quando meu pai chegou, não tinha mais vidro. Onde antes era possível observar mesinhas rodeadas por idosos conversando, jogando dominó e baralho, agora tinha o pior cenário possível: minha mãe estava ajoelhada, junto a uma moça que usava uniforme de enfermeira e a um velho com tubo de oxigênio pendurado, solto da bomba, emitindo um ruído. Os três dividiam meu avô, um homem grande e gordo, que estava dilacerado no chão. Se esbaldavam.

Meu pai soltou um brado de dor, cortante, desacreditado. Nessa hora viraram para ele, tinham a aparência anêmica e os olhos rubros. Minha mãe segurava com as mãos um pedaço de tripa grossa e sangrento do próprio pai, "Enfiava na boca como se fosse pão", ele contou. Ela amava pão, já a encontrei duas vezes na cozinha durante a madrugada comendo pão seco no escuro. Parecia uma entidade. E apenas estava ali, saboreando pão com pão, porque amava, e no escuro, porque enxergava bem.

Seu cabelo claro, assim como o resto do corpo — ainda mais pálido pelas circunstâncias — estava pintado de sangue. Ela e a funcionária se levantaram, tortas, como quem começa a pegar o jeito de andar, e saíram em disparada na direção do meu pai, que mal tinha descido da moto. Outro morto, coberto de cacos de vidro (que provavelmente invadiu o lugar em primeira instância), também correu em sua direção, emitindo um ruído delirante.

Não tinha o que fazer, meu pai havia saído totalmente desarmado. Disse que só chegou em casa por sorte.

Todo ano meus pais renovavam seus votos na igreja como minha mãe gostava. Apesar de o meu pai também ser católico, ele não era tão engajado. Uma vez eles estavam se implicando, e eu a ouvi dizer ao meu pai que ele não se declarava (o que era mentira, estava provocando), e ele respondeu:

— Não? Eu falo de todos os jeitos possíveis, pela boca, pelos dedos, por telepatia... Há vinte e três anos! Se eu pudesse escreveria o meu amor com fumaça permanente no céu, pra que toda vez que você saísse na rua pudesse senti-lo. Mas eu não posso! Não existe fumaça permanente!

— Seus pulmões pretos que o digam — ela respondeu.

Vendo-o fumando ali, lembrei disso.

Minha empolgação doentia passou.

■

Estradas foram bloqueadas, organizaram quarentenas localizadas e tropas de contenção.

Com a informação de que os zumbis evitam contato com água, aviões fizeram semeaduras de nuvens na intenção de dissipar os infectados nos locais de maior concentração. Porém a chuva fez com que, em busca de abrigo, invadissem mais lugares ocupados por humanos.

Com alguns dias, perceberam que não seria possível controlar esse surto com forças convencionais, bairros inteiros estavam completamente dominados. Então, após uma semana de infestação descontrolada, bombas de vácuo foram jogadas em São Paulo, cortando a energia de vez e deixando bairros inteiros carbonizados, em ruínas. Em casa, sentimos um calor intenso decorrente das explosões, e toda a luz se apagou, bem quando eu estava olhando pela janela.

Não demorou para o mundo acabar. A mutação do vírus não aconteceu apenas em um local, mas de forma simultânea em várias regiões do planeta.

Esses zumbis são quietos, alguns se aproximam escondidos, espreitando. Atualmente, quase não saem andando no meio de zonas abertas, ainda mais se estiverem sozinhos. A maioria, se não vê você se escondendo, não sabe onde você está. Tem certa sensibilidade à claridade e preferem a noite.

Fora isso, eles literalmente são como nós. Por exemplo, se eu fosse zumbi, não teria olfato, porque eu, *eu,* nunca tive. Sei que todos cheiram muito mal, não porque estão apodrecendo — eles não parecem estar, inclusive. Mas porque o sistema digestivo funciona, então as ruas viraram montes de sangue e merda.

Meu pai reclamou disso logo quando o primeiro deles ficou no nosso portão. Era uma senhora que morava em nossa rua. Ela sempre foi magra, mas nos últimos anos, por conta de uma complicação de saúde, ficou esquelética, usava um roupão de microfibra aberto, pantufas simples e apenas calças de pijama. A coluna chegava a marcar sua barriga, e seus seios mal se penduravam, porque não chegavam a ter gordura para pesar.

Sendo bem honesta, já parecia um zumbi antes, os olhos vermelhos chegaram a lhe cair bem, trouxeram certa vida. Ela tinha uma voz raspada que eu ouvi poucas vezes na vida, não me lembro o que dizia porque estava fascinada com seu timbre estranho. Recordo vividamente o som que ela fazia enquanto tentava entrar na nossa casa. Ignoramos até que fosse embora, mas eu a encarei por muito tempo.

Só às vezes os zumbis fazem barulho: quando estão comendo (não se preocupam nem um pouco); quando têm espasmos (a garganta se contrai involuntariamente); quando querem chamar outros (o mesmo som, mas voluntariamente); e às vezes, quando estão em grupos, grunhem em uma sinfonia, não harmônica, mas coletiva. Eles também batem os dentes — eu diria que talvez porque gostam.

Uma coisa que o apocalipse faz questão de me lembrar é que nossos ossos estão molhados a todo momento por fluidos corporais, e tem tutano dentro. Eu já vi zumbis estourando ossos humanos contra o chão só para poder chupar o recheio.

■

Por ser um bairro alto, tínhamos uma vista ampla da cidade. O lado de fora parecia uma guerra, colunas de fumaça subiam constantemente. Ouvimos muitos acidentes, gritos e estrondos, o chão tremeu algumas vezes. Um silêncio de ausência tomava conta de casa. Depois de oito dias trancados, e sem energia alguma, escolhemos entre ficar e definhar ou sair e talvez morrer. Isso já faz meses.

Meu pai tem um rifle de ferrolho, porque quando prestou para as forças armadas, ganhou do meu avô. Tinha apenas duas balas. Pegamos a moto e partimos sentido litoral, motivados por cinco questões:

1) Uma transmissão de sinal aberto, no radinho de pilha que meu pai costumava usar para acompanhar jogos de futebol, anunciou embarcações que partiriam do Litoral Sul, para ilhas. Embora não tenham especificado a praia, a data, nem a hora, chamaram todos os sobreviventes que estivessem ouvindo.

2) Era uma questão de tempo até um dos doze gatos da Denise voltar com o KM-vírus de um dos passeios que davam por aí, e eles entrariam com facilidade em casa.

3) Corpos, mortos através dos portões por armas brancas e improvisadas, antes movidos pela fome, se empilhavam na frente dos lares. Um cheiro de merda empesteava cada cômodo, mesmo com tudo fechado. Por mais que meu olfato não sofresse com isso, incomodava muito meu pai.

4) Ele sempre quis se aposentar e viajar de moto. A aposentadoria viria aos sessenta e quatro anos — um absurdo. Acabou que conseguiu fazer isso um ano antes, embora em circunstâncias nada convencionais.

5) Tínhamos muitas memórias da minha mãe por todos os cantos.

Eu nunca tive a sensação de estar no agora antes desse cenário de caos, e quando a esperança de ter uma jornada *minha* despertava, a falta da presença dela me causava culpa e tornava impossível alimentar o mecanismo do meu cérebro, que afirma que está tudo bem para poder seguir.

Imagino de que forma a vida continua nesse novo estado. A alma da minha mãe está viva, presa ou mudou? Ela é humana? Está doente? Eu acho que somos o mesmo animal operando de maneiras diferentes. Não é mais possível receber sua atenção e expressar a minha da forma que fazíamos antes, isso torna o amar doloroso, assim como não vê-la e não saber como está o atual estado de sua matéria. À parte disso, eu a amo, o que ela era e o que ela é agora.

Eu vivo porque ela quis que eu vivesse. Está distante, incompreensível, mas permanece aqui, apesar de eu não ter certeza de como. Nem a minha existência é clara para mim, aceito não entender a dela.

■

Levamos a arma, o rádio, fotos reveladas da minha mãe e toda comida que restou, numa mala de rodinhas, amarrada no lugar do baú da moto, duas mochilas com algumas trocas de roupa e os cigarros que eu fiz o favor de pegar. Ainda ouvi reclamação:

— Só sobraram esses?

— Não, foram os primeiros que vi.

— Dá pra ver que não fuma — meu pai falou, com nojo.

O caminho para o litoral exigia que atravessássemos quase toda a Zona Leste, que logo nos primeiros dias passou a ser chamada de "Zona Lost".

Evitamos os bairros onde aconteceram bombardeios dando uma volta enorme, graças ao conhecimento de mapas do meu pai. Ele passeava muito de moto desde os anos 1980, quando não havia GPS, e tem uma boa memória.

No caminho alternativo, encontramos um povo um tanto peculiar. Eles se intitulam "Gangue do Cerol", que pode ser encontrada no principal Atacadão do Aricanduva, têm uma base sólida e seletiva no local — ainda, espero eu. Passamos por ali na intenção de arrumar uma barraca ou sacos de dormir em alguma loja de departamento do complexo. Ideia vaidosa da nossa parte, mas meu pai tem 63 anos e está no começo de uma hérnia de disco — era importante.

A gangue tomou conta da região, e eles trabalhavam, claro, com cerol. Lá era cercado por fios cortantes, e ao lado dessas cercas, havia zumbis amarrados ainda vivos, que se moviam quando alguém se aproximava, até se despedaçarem sozinhos. Enquanto no chão jaziam algumas metades deprimentes já partidas.

Eles tinham desenvolvido armas que, teoricamente, funcionam como espadas (não as vi sendo usadas). Consistiam em paus com diversas linhas tensionadas que, se passadas com força, "cortam até mal olhado". Além disso, também tinham alguns revólveres e muitas motos, a maioria com bolsas de entrega de alimentos. Só nos deixaram passar porque:

— Uma Honda XR200, azul índigo, desbotada assim, é uma moto de um bom homem.

— Gertrudes — meu pai respondeu apresentando sua moto.

O cara que parecia o líder apontou para a sua, à distância e falou:

— Natasha.

Eles tinham sorriso simpático e determinado.

Fiquei com muita vergonha, mas pelo menos nos deixaram com o velho rifle, o rádio, cinco latas dos suprimentos do mercado, quatro maços de cigarro ruim, dois sacos de dormir — e vivos.

Apesar do charme pitoresco, tornaram nossas semanas seguintes bem mais difíceis do que poderiam ter sido com o estoque completo de comida da mala.

■

Buscávamos por alimento nas ruas, em plena luz do dia. Conduzíamos a Gertrudes desligada, para não gastar gasolina e não deixá-la sozinha por aí, quando dois homens armados nos encontraram.

Ambos tinham meia-idade, aparência desprezível e nenhum carisma. Um deles tinha o cabelo raspado nas laterais e alguns tufos malcuidados no meio, espetados, acredito que com gel, num ensaio deprimente de moicano. O outro tentava esconder as entradas com uma franja preta, lambida e oleosa, claramente pintada, um buraco vazio no topo de sua cabeça era fácil de identificar. Usavam jaquetas de couro e botas, num dia de sol. O primeiro optou por combinar as peças com uma bermuda, e o outro escolheu uma calça agarrada, segurada por um cinto de correntes estéticas, sem nenhuma funcionalidade. Eles tinham tatuagens que se confundiam no meio daquelas informações e um pensamento limitado de dar pena.

— Joga a arma, tiozão. E garota, passa pra cá. — Essa foi a primeira coisa que o do moicano fracassado disse.

— Oi? — Realmente eu não tinha entendido. — Passar o quê?

— Passa pra cá, garota, você é nossa — respondeu, avançando mais.

— Oi? — Agora eu tinha entendido, só estava desacreditada.

Meu pai tirou a arma das costas e a segurou.

— LARGA! Nem tente nada, coroa. Já avisamos, NO CHÃO! — O capanga reagiu, se posicionando.

— Tá surda, porra? Você é minha — disse o outro, chegando ainda mais perto.

Ele segurava a arma com o braço estendido. Isso mostrou inexperiência, corria o risco de ser desarmado em combate próximo. Eu também sou amadora, não tentaria fazer isso. Só tinha visto em um filme que não é o tipo de coisa que quem é bom com armas faz.

— Não tem bala — meu pai informou, abaixando.

Era mentira. Ainda tínhamos as duas iniciais, ele só não tinha certeza se elas disparariam pelo tempo que ficaram paradas.

Os dois desconhecidos posicionaram os dedos nos gatilhos. Ele repousou a arma devagar perto dos pés. Então pediu:

— Não façam isso. — Na verdade, soou mais como uma ordem.

— É o que restou pra fazer... com você — respondeu o que estava corpo a corpo comigo. Ele apontou a boca da arma para o meu rosto e disse: — Podemos recomeçar.

— Prefiro que atire, sinceramente — falei.

Meu pai me encarou, repressivo.

Nesse dia eu estava um pouco descolada da realidade. Alheia, imersa nesse meu desejo antigo de fim do mundo.

Então o homem, literalmente, deu um coice no rifle, lançando-o em direção ao parceiro na retaguarda, puxou meu cabelo com força, chutou atrás da minha perna, me derrubando de joelhos, e falou:

— Vai se acostumando, mocinha.

Eu perdi toda e qualquer confiança irracional que sentia. Caí na real. Eles eram violentos e, apesar de terem certa idade, eram mais jovens do que meu pai e mais fortes do que eu. Me vi numa situação paralisante, de impotência. Busquei por segurança. Meu porto estava focado, seus olhos pegavam fogo.

O cara menos ridículo tinha o rifle em sua frente. E usando a mesma mão que segurava a pistola, foi acender um cigarro pendurado em sua boca. Nessa hora, de repente, meu pai se lançou como um louco, correu em linhas tortas, serpenteando, três passos largos até sua arma, totalmente reativo.

— Que porra é essa?! PARADO AÍ! — gritou o que me segurava.

No segundo em que meu pai colocou as mãos de volta no rifle, de baixo para cima, disparou no rapaz em sua frente, que naquele instante, fumava o cigarro. Atingiu seu pescoço, explodindo-o. Jorrou muito sangue, saiu até um pouco de fumaça. Eu diria que foi instintivamente assertivo.

— Caralho! Filipe? — berrou o amigo, me soltando.

Meu pai virou para nós e, sem hesitação, atirou na barriga do cara, agora ficando realmente sem munição. O da garganta dilacerada sufocava, desesperado.

Os dois caíram ao mesmo tempo. O que ainda conseguia falar disse:

— Somos homens inocentes... — Soltando a arma, sem atirar.

Ele ainda estava bem próximo a mim, arrancou a jaqueta e tentou estancar o rasgo do seu ventre. Eu continuava ajoelhada, encarando-o profundamente, era nojento. Senti meu corpo inteiro tremulando. Uma raiva infligida fez com que eu pegasse a faca de cozinha que trouxera de casa e enfiasse em seu peito algumas vezes.

Aquelas foram suas últimas palavras.

Em seguida larguei tudo. Tentei me levantar, mas não consegui. Quando fomos pegar suas pistolas, descobrimos que eram de mentira. Pareciam bem reais. Mas suas intenções de toda forma não eram falsas. Se meu pai não tivesse feito isso, essa história poderia ter acabado muito pior para nós.

Queria bater minha cabeça contra o chão. Lágrimas saíam sem querer. Meu pai me abraçou, eu dei uma empurrada para soltar.

— Precisamos nos mexer, Lina, sair daqui. Demos tiros. — Olhei para ele, dolorosamente. — Eu sei. Malditos sejam.

— Você não sabe, é outro sentimento.

— Não sei mesmo... Mas malditos sejam.

Ele me ajudou a subir na moto, tudo aconteceu rápido demais. Acelerou sem dizer mais nada, e na garupa, eu tentava não desabar.

Depois do puxão que tomei, fiquei com uma dor de cabeça bizarra, meu couro cabeludo ardia. Tive inúmeros pensamentos intrusivos do que aconteceria no pior cenário. Meu corpo estava mole, tomado por fraqueza, mas pesava. Tentaram me tomar. Me senti nos velhos tempos. Distante do meu sonho, em que meus problemas são zumbis.

Nem um mês de colapso e a prioridade era "recomeçar", pelo abuso. Teriam me violentado, com armas de brinquedo apontando para nossas cabeças, se tivéssemos permitido. Morreram por isso. Porque acharam que tinham direito. De uso. De mim. Imagina se tivessem filhas?

Nós mudamos esse dia, não saímos ilesos. Nossa realidade, além de não ser minha fantasia, agora tinha isso: matamos pessoas.

■

Um pouco mais à frente, precisávamos entrar em um prédio para passar a noite, escolhemos um que parecia limpo o suficiente. Lá, encontramos uma família. Pareciam amigáveis, um casal e um bebê chamado

Laurindo, que eles garantiram que não choraria. Deixaram o filho em cima de uma caminha de panos improvisada no canto do cômodo em que nos alojamos, e dividimos uma refeição de sopa de lentilha em conserva.

Meu pai perguntou qual a coisa mais bizarra que eles tinham visto ou ouvido falar no apocalipse. Ele faz isso para saber como lidar caso se depare com algo parecido.

— Numa noite de lua minguante, logo quando começou, na rua em que morávamos, na República, uma mancha viva apareceu, distante, com um som abismal que parecia sair de dentro dela. Estávamos no segundo andar de um prédio. Quando o barulho ficou preocupantemente perto, se tornou quase ensurdecedor. Consegui identificar uma onda pestilenta de ratos, fundidos uns aos outros, contaminados com o KM. Tudo o que era matéria orgânica e cruzava o caminho deles parecia virar pó de esqueleto. Conseguimos ouvir quando aquela coisa passou pela frente de casa. Emitia grunhidos nervosos, finos e de velocidade, não era de Deus, nada disso é — contou a mãe.

Depois, tomada pela dor, começou a rezar. O marido a envolveu com um braço num gesto de conforto, eu esperava que olhasse feio para nós, mas não. Foram para perto do filho, calado.

Pedimos desculpas, demos espaço, e eu rezei baixo junto dela. Me propus a ficar de vigia primeiro, enquanto descansavam, tudo normal.

Até que, umas duas horas depois, o bebê, que estava deitado ao lado deles, começou a fazer um som gutural, baixo, muito baixo. Me aproximei bem devagar. Ele virou em minha direção, não conseguia ficar nos quatro apoios, era muito novo. Mas seus olhos me disseram, não era humano. Mal tinham terminado de se formar e já estavam vermelhos. Apesar de baixo, o ruído era estridente. Sua boca não tinha dentes, não deu tempo de crescer.

Ele tentou se mover, como um cão moribundo que encontra uma cadela no cio: mesmo com o corpo em carne viva, consumido por sarna, sem qualquer força, busca alguma vontade, deprimente. Olhei para o meu pé, sua cabeça tinha o tamanho perfeito. Pensei que se desmancharia sem que eu fizesse esforço nenhum por conta da moleira malformada.

Acordei meu pai e apontei para o que tinha descoberto, ele ficou chocado. Nesse instante a mãe acordou e encontrou nós dois fitando o que Laurindo tinha se tornado. Ela se levantou e imediatamente apontou a arma na nossa cara, destravada. Nós dois de boca aberta.

Demos passos para trás, a mãe acordou o marido com um chute, ele se tocou e agarrou o bebê no colo com uma mão, apertando-o contra si, protegendo, e com a outra, sacou uma segunda pistola. Saímos do cômodo andando de costas em absoluto silêncio, com as mãos pra cima, sem tirar os olhos dos canos e os ouvidos do som do bebê, que tinha aumentado.

Ficamos nesse mesmo prédio, mas em outro andar. Pensei em roubá-los, mas meu pai só aceita surrupiar mortos ou pessoas que nos atacam primeiro. Tentei argumentar dizendo que eles nos expuseram a perigo de contágio e ainda foram violentos, mas ele continuou com os olhos baixos, cansados.

Tinha dias em que parecíamos esquecidos pelo mundo, e havia lugares que me faziam sentir como se o mundo tivesse sido esquecido. As necessidades, a falta de opção e a vontade de pertencer nos fizeram seguir. Mortos perambulando em hordas nos fizeram desviar do caminho algumas vezes. Assim como nós, talvez sentissem um estranho consolo em não estarem parados.

Fomos perseguidos duas vezes por grupos de cachorros contaminados com o KM, felizmente, meu pai já tinha prática em lidar com isso — cães correm atrás de motos desde sempre.

A aparência do couro, assim como dos humanos, fica com aspecto de cera, mas por conta de seus corpos atléticos, chega a ser estético. Os músculos longos ficam definidos sob a pele fina. Os olhos vermelhos ainda são expressivos, apenas mais violentos. Os de pelo longo perdem quase a superfície felpuda, já os de curto, ficam com tufos aqui e ali. Um que tentou nos alcançar, saiu do lado de um homem, também contaminado, e quando viu que não conseguiria chegar até nós, retornou ao mesmo lugar, à mesma companhia. Isso dominou meu espaço mental por dias.

Conforme nos aproximávamos do litoral, percebemos o óbvio: era impossível. Quanto mais perto, maior a concentração de zumbis e de sobreviventes mais desesperados.

Avisos pelas paredes diziam "Volte, tudo está acabado", "LITORAL TOMADO. AGLOMERAÇÃO", "Todo mundo foi pras praias, disseminação desenfreada, é o inferno", "O exército está atraindo a população para exterminar. Não restou compaixão.", "O mar não salva ninguém, dê meia volta".

O rádio não voltou a transmitir informações, tudo estava bem desencorajador. Então mudamos os planos.

Depois de coletar uma quantidade razoável de alimento, subimos por uma trilha de terra até o topo de uma colina. Lá era possível ter uma vista da cidade de cima, o que foi onírico. Tons de cinza tomam São Paulo desde antes de eu nascer, mas depois das explosões, uma camada de poeira impregnou em tudo, esvaziando ainda mais o cenário de cor e trazendo nos pores do sol tons antinaturais. Pequenas chamas perambulavam em pontos específicos.

Descobri nesse ponto de observação que os mortos descansam, às vezes ficam estáticos, repousando. Alguns até sentam e se apoiam. Fiquei pensando, e acredito que Laurindo só não se manifestou antes por conta disso, estava adormecido.

Numa manhã linda, dessas que despertam ânimo para encarar a vida, senti muita vontade de gritar. Não tipo "o mundo é meu", que vergonha. Queria berrar mesmo, para assustar alguns zumbis que pareciam cochilar em pé.

Falei para o meu pai, e ele não reprimiu, só disse:

— Ninguém vai te ouvir. Bom ou ruim?

— Antes já era assim.

Um pedido de socorro morreria igualmente no ar. Pelo menos a ausência de humanos me permitiu mergulhar livremente na minha narrativa íntima, em que me sinto finalmente importante, sem culpa.

Rasguei o silêncio com violência, respirei fundo e fiz de novo, depois mais uma vez.

— Esse foi sinistro — disse meu pai. Eu também tinha achado, meio animalesco.

Decidi parar porque estava satisfeita e com medo do próximo não ser tão bom. Consegui ver lá embaixo dois deles procurando pelo som, não tinham ideia de onde viera.

Apesar de estratégica, essa nossa instalação era péssima em noites de frio ou chuva. Além disso, tínhamos que nos deslocar com bastante frequência para nos manter abastecidos, era tanto um abrigo quanto uma sentença.

Decidimos então partir, à procura de uma casa de campo.

Durante a busca, chegamos a um bairro que até hoje não identificamos, não tinha placas. Na minha lembrança, era como um entrelugar, que limiava a realidade passada e a atual.

Empurrávamos a Gertrudes na mão mais uma vez, quando perdemos a luz do dia. Estávamos acostumados com o sol se pondo mais tarde, e havia muitas nuvens no céu. Andávamos numa sensação de limbo. Em nenhum lugar o instinto dizia "entre".

Comecei a ouvir movimentações fantasmas. Pensei que fosse paranoia, já que tudo estava imóvel ao nosso redor. Mas em poucos minutos, se intensificou perceptivelmente. Devagar, meu pai apoiou a moto no cavalete e prendeu o passo, segurou meu braço e me fez parar junto a ele. Olhei para um lado e vi uma igreja evangélica pequena, a porta de vidro da frente não existia, dava para ver o galpão até o final.

Seguindo a calçada, uma árvore antiga se estendia, com uma roda encostada em seu tronco e em sua frente, um banco branco de sentar se encontrava. No final da rua, um posto de gasolina se assemelhava a um cenário de tão compacto.

Do outro lado, havia uma porta de garagem no meio de um paredão, com um caminhão sem caçamba, estacionado à sua frente. Meu pai apertou a vista, como quem já não enxerga tão bem, em direção ao único veículo. Fitei, seca, o fundo dos seus olhos, e suas pupilas estavam enormes, como as de um bicho. Não sei se pelo escuro ou pela atenção.

Não dava para ver além, era como se o mapa tivesse acabado. Aquela rua indefinida virou, do nada, um breu sem fim. Eu e meu pai encaramos o mesmo ponto, inertes. Ouvimos, nessa direção, um grunhido dos intencionais, com entonação de chamado. Estávamos sendo vistos.

Tínhamos a faca afiada de cozinha que amarrei na ponta de um cabo de madeira com muita fita isolante, e no rifle, três novas balas, que revirei de um cadáver.

Minha pele arrepiou inteira, ruídos que soaram tridimensionais agora pareciam nos cercar. Foquei no posto, e claramente um deles passou por trás de uma das bombas de gasolina. Meu pai pegou na minha mão, e eu o segurei. Percebemos ao mesmo tempo: estávamos encurralados.

Subimos na moto, e ela arrancou com tudo. Saímos em disparada. O que estava atrás do caminhão, correu inconsequente para cima de nós, mas não nos acertou. O que estava no posto, se revelou uma mulher, e tentou fazer a mesma coisa, estava mais perto, e eu, mais esperta depois do primeiro.

Pude enxergar, agora próxima, que o buraco de seu rosto estava tomado de larvas, era uma bicheira enorme que descia do olho até o canto do lábio. Espetei a faca em seu ombro, mas não o suficiente para impedi-la de nos desequilibrar com um puxão. Íamos cair, minha pressão baixou, nunca senti tanto frio na barriga. Meu pai desceu o pé do pedal antes que eu processasse qualquer coisa e deu um grito bizarro, me acordando um pouco da tontura.

A moto voltou ao eixo, no sufoco. Olhei para trás e vi quatro zumbis, rápidos. Perdemos velocidade nessa abalada. Um dos novos, que apareceu de repente, corria muito estranho, estava sem camisa e tinha muitas tatuagens. Os membros eram mais compridos que o normal e se moviam de maneira desordenada, como se fossem explodir. O corpo se inclinava drasticamente para a frente, e a mandíbula pendia — tinha o espaço de uma caixa de leite entre o céu da boca e o queixo.

Virei para a frente, troquei a faca-pau pelo rifle de ferrolho e me torci de volta, apoiando o cotovelo no baú. Meu pai gritou de novo, dessa vez xingando, alucinado. Não achei que devia atirar ainda, mas seu comportamento me deixou confusa. Gertrudes tinha um andar turbulento.

Ouvi na nossa cola um ruído esganiçado, a morta com a bicheira na cara abaixava para pular na gente. Estava perto demais, ia acertar. Dei um disparo seco em sua cara, que caiu na hora. Outros dois apareceram das redondezas imediatamente.

— Tá louca? Tá querendo matar a gente? — meu pai repreendeu, alto.

Eu achei que ia nos matar. Aquele lugar não acabava.

Me virei para frente, confiando que a moto estabilizaria. Ela voltou a pegar velocidade, tomando certa distância dos zumbis restantes.

Depois de poucos metros, ele alertou:

— Em frente!

Eu não reagi a tempo de atirar, nem ele de desviar de uma sombra humanoide enorme que apareceu no meio da estrada.

— Pula, Lina!

Não processei, apenas obedeci, me jogando como ele me ensinou na grama. Estava usando uma calça grossa, mal me machuquei. Em compensação, ele não conseguiu deixar de berrar. Um urro só, que se confundiu com o do morto-vivo sendo acertado pela moto.

Reparei só nesse instante que o joelho do meu pai estava deslocado para cima, sob a pele. Aconteceu quando desequilibramos e ele apoiou o pé no chão para retomar o eixo. Sua perna sofreu o impacto do asfalto a pelo menos cinquenta quilômetros por hora.

O contorno da articulação havia sumido, mas reapareceu com o dobro do tamanho. O osso se moveu em direção ao quadríceps. A pele esticava, sofrendo muito, mas sem ceder.

Meu pai sinalizou uma casa que parecia uma miragem, com paredes claras, encardidas, e janelinhas. Dei a faca-pau para ele se apoiar de um lado, enquanto eu o envolvi do outro. Tentamos ir rápido e só percebemos que havia um barranco quando ele se desequilibrou e rolou alguns metros. Me senti tão mal. Escorreguei junto, de propósito, para alcançá-lo. Pelo menos descemos rápido.

Nessa hora, uma mulher de meia-idade saiu pela porta daquele devaneio, também com um rifle nas mãos.

— Entra! — ordenou.

Ela avançou e nos deu cobertura enquanto eu carregava meu pai. As janelas do andar de baixo estavam tapadas com tábuas. Uma garota, aparentemente da minha idade, segurando uma faca, abriu para nós. Ela nos olhou muito feio.

Meu pai entrou, se jogando no chão e resmungando de dor o mais baixo que conseguia. A mulher entrou em seguida, sem ter precisado atirar.

— Leticia, ajuda! — falou se dirigindo à menina, que tinha trancado a porta e se encontrava parada no meio da sala olhando para o meu pai. — Pega o outro canto da estante. — Era um enorme e antigo móvel de madeira, que estava logo ao lado.

A que agora eu sabia o nome, atendeu. Me juntei a elas, nós três levantamos e o posicionamos na frente da entrada. Era muito, muito pesado.

Mortos não entendem portas, mas juntos conseguem derrubar até muros. Nesse instante, ouvimos uma forte pancada, que se repetia de forma incessante.

— Quantos? — a mulher perguntou.

— Uns seis — eu disse. — Obrigada... — estendi a palavra em um convite para que dissesse seu nome.

— Ana.

— Por que você foi fazer isso? — Leticia falou para ela, baixo, mas de maneira agressiva, segurando sua faca dobrável, dessas maiores que um canivete, com uma bússola com no cabo.

— Porque é o certo. Maneira, Leticia. Isso já está difícil o suficiente — retrucou.

— Ele vai morrer? — A menina apontou a lâmina para o meu pai, que estava gemendo no chão.

— Eu? Agora? Não — ele mesmo disse, seu pé estava roxo.

Ela franziu o cenho, tomada por desconfiança.

Havia duas velas acesas à vista. Nenhum de nós sabia o próximo passo. As batidas e os ruídos guturais se intensificavam.

— Vamos levar ele pra cima — disse Ana.

Segurei seu tronco, e ela, as pernas, como pôde, e o levamos pela escada. Entramos em um quarto que tinha uma janela sem tábuas e dava para a frente da casa. Deixei meu pai deitado na cama e fui ver o lado de fora. Havia quatro zumbis aglomerados na porta e outros dois debatendo contra a janela da frente.

— Será que a gente põe fogo? — cochichei.

— Ideia idiota. — Leticia estava inconformada. — Vocês têm silenciadores?

— Não, e vocês?

Ela fez que não com a cabeça.

— Tem balas?

— Duas, e vocês?

— Algumas.

Engoli em seco. Ana lembrou:

— No depósito tem coisas de reforma, encontramos as madeiras que pregamos lá, acho que vi uns blocos de concreto.

Encarei meu pai na cama com a perna distorcida. Não tinha opção, nem tempo para pensar, confiei em deixá-lo ali.

— Aproveita a vida boa enquanto pode — disse a ele em tom de brincadeira, tentando passar segurança.

Seus olhos angustiados perfuraram meu peito. Ele mal conseguiu sorrir. Saímos, e fechei a porta. Desci correndo, Ana veio atrás de mim, Leticia ficou na beira da escada e suplicou:

— Não vai, mãe.

Nesse momento, descobri a relação das duas, mas já tinha imaginado pela semelhança física.

— Eu não vou a lugar nenhum, precisamos sair dessa agora também, Leca — respondeu, voltando e pegando a filha pela mão. Sacou uma lanterna fraca e me mostrou a porta que dava para um pequeno depósito no subsolo. Mais degraus.

Nesse cômodo, além das tábuas mencionadas e dos blocos de concreto, havia uma mesa velha de serraria, sacos com pó de cimento e prateleiras com produtos de limpeza. Eu não conseguia carregar mais de um bloco por vez. Nem quando eu me alimentava bem conseguia levar mais de treze quilos por dois lances de escada, imagine agora. Cada uma pegou um. O móvel que segurava a porta ameaçou ceder quando passamos na frente, o som me assustou. E outro, também: um estrondo anunciava tempestade próxima, por isso o anoitecer repentino.

Com a chuva, os mortos ficam ainda mais violentos e desesperados. Não havia nenhuma saída além da porta da frente, era necessário pelo menos diminuir a quantidade deles para ter chance.

Decidi contar com a sorte e com três blocos. Me posicionei acima deles, em frente à janela. Disparos luminosos ocupavam o céu, cada segundo mais perto de nós. Assoviei baixo, os zumbis olharam para cima. Os quatro da porta permaneceram juntos. Seus olhos vermelhos acendiam no vazio, cortado por raios.

Soltei o primeiro com uma mira perfeita no rosto daquele que estava no meio — fez mais barulho do que eu imaginava. Ele caiu inerte, vi uma parte do chão escurecendo com o sangue de sua cabeça aberta.

O que estava ao lado, permaneceu, agora esticando os braços em minha direção e grunhindo mais alto. A única mulher, de cabelos longos e negros, quase azulados, caminhou para trás e olhou para o céu. O outro, se juntou ao que tentava entrar pela janela. Aquele sinistro que antes tentava fazer a mesma coisa, havia sumido.

Peguei o segundo bloco e, sem pensar muito, soltei. Dessa vez bateu no ombro e no braço do que tentava inutilmente me alcançar, o membro ficou mole na hora, ele emitiu um ruído tão agudo que, se eu não tivesse escutado, diria que só os cachorros poderiam. Felizmente, continuou no lugar, mas com a pancada, os que tentavam cruzar as tábuas de madeira se exacerbaram, até uma se quebrar. Desespero.

Lancei o que tinha restado, e dessa vez, cravou no crânio do aflito, derrubando-o.

Leticia e Ana trouxeram mais dois, mas os zumbis restantes não estavam mais posicionados de maneira que eu conseguisse acertá-los. Elas desceram para tentar afastar os que arrancavam a proteção da janela. E antes que eu pudesse segui-las, meu pai balbuciou:

— O medo é claro de se identificar, né?

Senti muito pesar em sua fala.

— O que quer dizer?

— Melancolia e mágoa, alegria e euforia, por exemplo, podem ser difíceis de distinguir. Medo é sempre medo. — Ele parecia zonzo.

— O que está dizendo, pai? Um dia vamos rir disso — falei, fechei a porta e saí, não soube responder bem.

Desci rápido, muitos barulhos aconteciam. Ana pegou a faca-pau que ficou largada no chão da sala e começou a furar os braços dos zumbis que tentavam atravessar para o interior, enquanto Leticia segurava as tábuas. Ela teve que largar, aquelas mãos quase a alcançavam.

Água começou a cair do céu. A zumbi, correu e tomando impulso, se arremessou contra as madeiras pregadas. Duas quebraram, foi uma pancada bem forte. Ela recuou um pouco com o impacto, o que abriu espaço para os outros avançarem pelo vão aberto. Ana prontamente os furou na cabeça, fazendo com que desabassem ali mesmo, metade para fora e metade para dentro. Ela se virou com cara de louca e partiu correndo para o andar de cima.

Leticia empunhou a arma, assim como eu. Íamos na mesma direção que sua mãe, só que de costas, cobrindo. A morta se lançou pelo pequeno espaço, entrando. Era ágil e resistente, caiu meio desengonçada, mas se levantou na hora. Ela se sacudiu como um cão saindo do banho.

Certa claridade invadiu as frestas por um instante, tremulando tudo. Trovões reverberaram perto de onde estávamos. Em seguida, mais um flash, três segundos depois, o troar. Pensei que talvez, se atirasse no momento certo, a natureza poderia mascarar o som.

Mais um relâmpago. Eu estava no início dos degraus, a morta olhou direto para mim e avançou em febre. Tentei recuar, sem olhar para trás.

Um. Pisei em falso e caí sentada. Dois. Ela estava na minha frente. Três. Despencou sobre mim.

Antes que eu disparasse, Leticia atirou bem em seu olho. Se eu não tivesse me encolhido, teria explodido no meu rosto. Foi um reflexo vital. Podia ter sido contaminada com o sangue por qualquer cavidade.

Assim que o corpo caiu, o seguinte já estava em pé, logo atrás. Levantei rápido, e fugimos para o andar de cima, perseguidas.

— Mãe! Atrai ele — Leticia falou alto. Ela entrou no quarto paralelo ao que estavam nossos pais, eu a segui e fechei a porta a tempo. O zumbi que nos seguia se jogou contra. Encostamos juntas para contrapor o peso. Me faltava ar, olhei para ela, que me olhou torto de volta. Ouvimos um assovio humano e a porta de lá se abrir, depois bater. Em seguida, passos descuidados indo naquela direção e um golpe contra madeira.

— Abre que eu atiro — cochichei.

Encarei a janela do nosso cômodo e, quando se fez luz, fitei Leticia. No segundo segundo, ela abriu.

O morto-vivo virou para nós, tonto. Pude reparar nesse instante que parecia frágil. Seu tronco exposto mostrava que se movia à necessidade, e faltavam pedaços de suas coxas. Apesar de descarnado e franzino, estava sedento. A movimentação soou orquestrada, o som do meu tiro disfarçado, a agilidade das nossas ações em sincronia. Funcionou.

Contornando o corpo que ficou ali, voltamos ao outro quarto. Ao entrarmos, fechamos a porta. Leticia foi olhar pela janela. A chuva apertava. Ana se sentou na beira da cama que meu pai estava.

— Você está ficando sem circulação... — Ela fez como eu, o silêncio era um pedido de identificação.

— Manuel — ele disse.

— Certo, Manuel. Você já percebeu, né?

Ele tentou mexer o pé, sem sucesso.

— Sua articulação está comprometida, temos que pôr de volta antes que seja permanente.

— Você vai fazer isso?

— Eu nunca fiz, mas sou profissional da saúde. — Ela levantou como se fosse se preparar.

Ele assentiu com a cabeça e virou para mim com olhos de uma criança assustada prestes a tomar vacina. Herdei do meu pai seu medo de agulhas, sempre que eu precisava tirar sangue, nós dois passávamos mal. Ele comprava um chocolate para mim, servia de recompensa e ajudava a subir a glicose. Não sei a procedência médica da informação, mas acho que por acreditar nele, funcionava. Também sempre ficava com o meu último pedaço, por mim tudo bem, porque ele precisava à sua maneira.

Eu havia guardado uma barra na mochila para um momento especial, e esse até era de alguma forma, só não como eu tinha imaginado. Me vi em seu papel. Apesar de com medo, tinha que estar ao seu lado.

— Pra dar energia e repor o açúcar? — falei e mostrei o doce, ele sorriu. — Olha pra mim e aperta minha mãe com força — *ato falho* — minha mão.

Ele me encarou com olhos ternos, vulneráveis demais, e segurou.

— Tudo bem. Eu sou durão.

— Morde isso — Ana disse o entregando uma blusa limpa que pegou das próprias coisas.

Ele enfiou o tecido na boca, boa parte, e cerrou os dentes o mais forte que pôde.

— Leticia, segura a coxa pra mim, ele não pode fazer nenhum movimento brusco — Ana pediu.

Ela virou para trás e falou:

— Tem um buraco lá embaixo, alguém devia olhar — soou impaciente.

— Vai ser rápido, por favor. Nós já limpamos os que estavam por aqui.

Ela obedeceu.

Eu tinha planejado não desfazer o contato visual com meu pai, mas quando Ana se posicionou, foi inevitável. Encarei aquela perna deformada, parecia grave demais para ser resolvido assim. E nem sabíamos quem eram essas pessoas.

A patela por cima do fêmur fazia meu pai parecer de plástico, como um brinquedo com defeito. A pele estava avermelhada, claramente fazendo esforço para não ceder.

Ana segurou firme com as duas mãos na panturrilha da perna ferida.

— Vou puxar — avisou.

Ele apertou forte minha mão, o olhei, seus olhos estavam comprimidos de dor. Voltei a ver a ação. Ana foi deslocando a perna em linha reta com uma força constante, como se alongasse. Sem parar esse movimento, com a outra mão, empurrou a rótula para baixo, em direção ao centro — onde deveria estar.

Meu pai soltou um gemido sufocado, aflitivo, lágrimas corriam pelo seu rosto, e ele quase arregaçou a minha mão. De repente, a perna estava visivelmente alinhada. Ela tentou movimentar seu joelho, que fez um estalo assustador. Soltou um grunhido tão alto que foi pouco abafado pelo pano que mordia.

— Ainda parece solto... Aguenta. — Ana voltou a esticar sua perna e, cuidadosamente, sem que meu pai tivesse tempo para responder, guiou o osso, fazendo pressão para o encaixe.

Mais um estalo, mais murmúrios. Ela tentou dobrar novamente, dessa vez para endireitar. Funcionou.

Ele tirou o pano da boca, inspirou o máximo que pôde e tapou de volta. Não parou de chorar, nem soltou minha mão.

— Deu certo pai, vai ganhar chocolate. — Entreguei a barra, forcei um sorriso. — Obrigada mais uma vez, Ana e Leticia, estaríamos mortos agora.

— Só fiz o que acho certo — a mãe respondeu.

A garota ficou em silêncio.

— Obrigado... — ele falou, soltando de vez a blusa, pegando o doce e comendo.

De repente, Leticia, como um bicho, correu e encostou o ouvido na porta, que golpeou sua cara, ela xingou de dor. Era aquele morto bizarro, dos membros compridos e o queixo caído. Eu havia esquecido. Não acabava nunca.

Ele ficou dois segundos atordoado, dando um passo pra trás, e depois partiu para cima dela, que não gritava. Em seu lugar já estaria perdendo as tripas pela boca. Ela aproveitou pra devolver na mesma moeda, bateu a porta contra enquanto ele entrava, e segurou bem firme em seu pescoço, uma técnica boa pra evitar mordidas, mas muito perigosa, exige precisão.

A mandíbula estava pendurada por muito pouco, a vi batendo nas costas das mãos de Leticia. Ele não tinha força para sustentar os próprios membros no ar, que, incluindo seu tronco, eram muito inchados. Era desordenado em seus ataques, mesmo assim, investia com a cabeça, tentava fincar seus dentes de cima na pele dela. Se comportava como um crocodilo, e acredito que tenha ficado escondido como um, na água turva, apenas esperando o melhor momento para atacar.

Ana pegou a cadeira do quarto, segurou no ar em sua frente e o chamou. Ele a olhou. Leticia, que o segurava, conduziu em direção à mãe, o atracando contra as pernas de madeira. Ana foi andando para trás e, com uma força humilhante, o virou e prendeu contra a parede.

Eu apontava a arma do meu pai com sua última bala. Leticia me fitou, ofegante, tinha olhos ofensivos. Tirou do quadril a faca que não largava, mas antes que chegasse para finalizar a dança dos dois, sua mãe o lançou pela janela. O barulho oco do impacto do corpo viscoso foi doentio.

Como disse antes, ele tinha uma aparência instável, como quem está a ponto de explodir. Eu estava certa. O baque fez com que seu corpo espirrasse para todos os lados.

Não tenho ideia do que havia acontecido com esse zumbi para existir nesse estado. O cheiro eu não senti, mas disseram que foi a pior parte.

Ana sacou sua lanterna e colocou em modo focal. Apontou para o horizonte, não tão distante. E na estrada, onde pulamos da moto, pequenas luzes acendiam, eram vermelhas e se mexiam. Pude contar três pares.

— Não sabia que funcionava, encontrá-los assim — comentei.

— Acho que ficaram vermelhos porque espelham os vasos sanguíneos internos que se destacam com o contágio. E acho que brilham, porque isso mudou a forma com que a luz é refletida — Ana me explicou.

Esses três zumbis no horizonte provavelmente ouviram o corpo estourando e, em razão disso, se aproximaram, mas logo voltariam para onde vieram se não chamássemos mais atenção. Os raios e os trovões tiravam um pouco a noção das criaturas.

Meu pai piscava, os olhos pesados, enquanto mastigava o chocolate, parecia chapado.

— Até a dor tem um propósito maior, mamãe sempre dizia, né? — falei tentando chamar sua atenção.

Ele não respondeu, a feição estava perdida. Estendeu a mão com o doce, me devolvendo. Tinha deixado a última mordida, comi.

Com bastante dificuldade, ele buscou um cigarro no bolso, pediu licença e acendeu ali mesmo, Ana pediu um.

— É o mínimo — disse ao passar o maço.

Eu estava me sentindo bem por ter pessoas por perto, ainda mais com uma delas sendo da área de saúde. Quando de repente Leticia disse:

— Não somos uma equipe por ter salvado vocês.

— Do mesmo jeito que eles precisaram de ajuda, podia ser a gente, Leca — a mãe respondeu.

— Aí você escolhe, com todo respeito, o cara que não vai poder fazer nada e a garota que não atira?

— Leca!

Ficamos em silêncio. Me mostrei triste. Eu sabia que não tinha passado firmeza.

— Não precisamos tomar uma decisão nesse instante — sugeri. — Não temos nada a acrescentar, sabe? Digo, temos coisas. Não tão claras agora, mas estamos aqui. Não pode nos dar um tempo?

Meu pai completou:

— Tempo é a única coisa que temos. Ele vai passar de todo jeito, não é?

Não entendi seu ataque filosófico, mas pareceu inspirar Ana:

— É, Leca, se não der, seguiremos caminhos diferentes, como já estávamos fazendo. Eles não precisam de nós, chegaram até aqui.

Ficamos calados. Ela pediu licença e saiu do quarto com a filha. Alguns minutos depois, Ana decidiu fazer um macarrão, e nos ofereceu. Dei uma lata de milho para acrescentar. Depois de comer, perguntei se Leticia podia observar meu pai enquanto eu aproveitava a tempestade para pregar a janela quebrada e levar os corpos para fora. Estávamos exaustos, mas eu quis me mostrar um pouco prestativa. Leticia deu de ombros, ficou na cadeira próxima à janela.

Essa noite foi a mais complicada que já tive no quesito esforço físico. Me senti um lixo depois, mas foi importante. Crescimento raramente nasce da glória. Cada fracasso carrega a semente de uma habilidade futura.

As mulheres nos deixaram ficar naquele quarto e se recolheram no cômodo da frente. Passei a noite acordada, monitorando meu pai, uma brisa das antigas horas mortas (e agora as mais vivas) me importunava. Em determinado momento, ouvi fungadas fracas, escondidas. Tirei os olhos do horizonte sombrio e reparei que meu pai chorava. Não consegui respeitar seu recolhimento. Eu nunca tive muita privacidade emocional, ele e a minha mãe sempre se envolviam, independentemente de eu precisar de tempo sozinha. Insistiam até que eu entregasse o que queriam, superintrometidos.

Nesse instante, entendi sua aflição. Era impossível não me sentir culpada e ansiosa em ver ele sofrendo, sem tentar demonstrar presença. Eu nunca soube tantos detalhes, mas meu avô, que faleceu antes de eu nascer, era um homem apático, não manifestava sentimentos, porque para a época era sinônimo de fragilidade. Apesar de manter a família, ele era extremamente reservado, e isso parece ter afetado meu pai.

Me aconcheguei ao seu lado na cama, ele estava em posição fetal, coberto com um lençol. Fechou os olhos e passou a mão no rosto, enxugando as lágrimas.

— É dor? — perguntei.

— É...

— *É...* — o imitei, não era apenas isso.

Ele abriu os olhos por um segundo, encarou o meu rosto e contorceu o seu com uma expressão de quem segura o choro, voltando a os fechar.

— Qual o problema? — falei, como se não soubesse de todos os conflitos que nos cercam.

— Lembranças, filha.

— Tá se lembrando de quê?

— De tudo... — Ele fez um intervalo, parecia se segurar. — Você me lembra tanto a gente... — rompeu em lágrimas novamente.

Fiquei sem saber o que fazer. Ele não era só uma figura familiar, era um indivíduo.

— O que lembra ela? — perguntei. Era sempre duro de falar.

— Você lembra nós, na verdade, jovens.

— Minha aparência?

— E seu temperamento, é uma mistura da nossa história... Ela andava ligeira, se lembra?

— Sim, passos curtos e rápidos.

— Sim... Quando nos conhecemos, ela tinha gatos, sabia? Sempre gostou de cuidar, seus animais eram únicos e bem-educados.

— Ainda tá falando de mim? — No fim das contas, é o que eu sou, um animal criado e cuidado por eles.

— Também. — Esboçou um sorriso gentil, mas amargo.

— Nós não queríamos ter filhos, mas você aconteceu. Fiquei muito curioso em imaginar outro ser que lembrasse a pessoa que eu mais amo e eu, e você foi perfeita, nos fez tão feliz.

— Vocês também foram... Não sabia que eu tinha sido um acidente.

— Você nunca perguntou — justificou. Fez uma pausa média. — Eu só quero ver mais... O reflexo dos nossos reflexos, que lembram também meus pais. Essa espiral é envolvente demais, mas hoje é quase um castigo.

— Olhar pra mim?

— Não quis dizer isso. — Hesitou — Eu devia ter chegado antes.

— Pai, estava fora de suas mãos.

— O vislumbre de nós dois, da nossa família... Me fisga. O cheiro, a pele gelada... ensopada. Ela ficava bem com essa cor... Os olhos frios, quentes... Não aguento mais ver. É castigo. Castigo.

Ele de repente pareceu desorientado. Reparei em seu rosto, pálido. Seu olhar vagou, e as pupilas dilataram. Teve um calafrio, o corpo todo tremeu. Seus olhos fecharam e seu peso afundou no estofado. Encostei a mão na testa dele, parecia normal. E seu coração batia, apesar da respiração estar fraca.

Não queria atrapalhar o descanso de Ana, já tinha feito demais. Mas não pude me dar esse luxo. Abri a porta e fui até o outro quarto, bati com pouca força, suplicando:

— Ana, meu pai tá mal. Desculpa te pedir ajuda. Ele desacordou de repente, tenho medo que morra.

"Falei.", ouvi bem baixo por trás da porta, seguido do som de alguém se levantando da cama.

— Vamos — disse. Ana estava desperta.

Ela checou os sinais vitais do meu pai, e me contou que era normal acontecerem desmaios decorrentes do estresse e esforço físico.

Me pediu que o monitorasse de perto enquanto estivesse dormindo e sugeriu deixarmos as portas abertas, achei uma boa ideia. Sentei na cadeira entre a janela e a cama e fiquei dividindo a atenção nos dois, não sentia sono, apesar da exaustão.

Prestes a amanhecer, meu pai despertou. Não como quem para uma frase no meio, mas como quem se deita no sofá depois de um almoço de domingo e acorda seis horas depois. Acho que ele não se lembra das últimas coisas que disse, ou finge bem para não ter que continuar o assunto. Eu também evito, dói demais estar consciente de que não há nenhuma pessoa para guardar meu morto caso eu me transforme, porque não há ninguém, além da minha mãe, que me amaria independentemente das circunstâncias. Mesmo se eu me tornasse uma criatura violenta e irracional, continuaria sendo sua criação. Ainda seria sua filha, com história, passado, falta de olfato e boa audição, em um novo estado, brutal e sanguinária. Porém, para ela, passível de cuidado e atenção. Eu não estaria por conta, mesmo comendo humanos.

Minha mãe não se especializou em nada curricular, sempre trabalhou cuidando da casa, da família e de si. Me lembro que quando eu era criança, fiquei competindo com um colega de sala nossas vidas, ele disse que seu pai tinha a própria empresa, e eu respondi que o meu, trabalhava com computadores, o que, na nossa mente infantil, configurou maior inteligência. Ele disse que sua casa tinha dois andares, eu também. E o último ponto, que encerrou nossa discussão, foi sobre nossas mães, a dele era psicóloga, enquanto eu disse que a minha, mal precisava trabalhar. Então ele questionou:

— Mas com o que ela já trabalhou?

— Com nada.

— Ela fica fazendo nada?

— Cuidando da casa, que é enorme — exagerei.

— Então ela não é boa em nada?

— Claro que é.

— Tipo o quê?

— Ela cozinha muito bem — pensei rápido.

— Toda mulher faz isso.

Fiquei reprimida. Ele tinha ganhado, mas não estava certo.

Minha mãe me ensinou tudo. Aprendi com ela a não ceder a expectativas alheias e a ser fiel a mim, como ela era a si.

Diferente do que esse garoto me fez pensar, minha mãe conseguia ser boa em muitas coisas, ela era adaptável. Ela tinha uma série de hobbies e era feliz, necessária. Não acomodada.

Esse garoto era rico de verdade, chegava sempre com motorista (apesar de morar perto) e ia embora com a babá. Acredito que tenha se apegado ao emprego da mãe como indicador de valor por ter sido criado por uma funcionária explorada, e não por alguém que, ao mesmo tempo que o ensinasse sobre a vida, também ensinasse sobre amor. Se me perguntassem o que minha mãe era, eu responderia "exótica", já ele diria "psicóloga", mesmo sem ser seu paciente.

Eu e ela costumávamos sentar no quintal dos fundos de casa nos finais de dia. Ela gostava de estar em contato direto com plantas, às vezes, até abraçando-as. Nunca senti a mesma coisa, mas penso que talvez seja como quando eu ia em direção ao mar e ficava parada na beira, esperando as ondas chegarem aos meus pés. Pequenas grandes coisas...

Meu pai sempre trabalhou bastante, ficava o dia todo fora. Faz poucos anos que começou a atuar remotamente e passamos a ficar mais juntos.

Quando ele acordou, me perguntou se eu podia checar a Gertrudes. Curiosamente, Leticia quis me acompanhar, tinha sua faca na mão. Lembro de, na luz do dia, reparar em seus olhos, grandes, fundos e castanhos, com diferentes tons e pálpebras grandes que a davam uma expressão triste. Seu cabelo é armado e escuro, e o rosto, fino, com várias pintas distribuídas. Não sardas, é como se tivessem sido desenhadas a lápis.

Encontramos a moto em cima do zumbi para quem meu pai gritou "Em frente!", antes de o atropelar. Ele estava acordado, ambos detonados. Era enorme, como sua sombra tinha mostrado. Tinha a barriga para cima, prensada. Não possuía lábios, como se um ácido tivesse corroído sua boca. A pele esmaecida era como uma parede descascando. Um pedaço de seu escalpo fora arrancado e se encontrava no chão, um pouco à frente, com um tufo de fios finos grudado. Esticava as mãos querendo nos alcançar.

Sem pestanejar, Leticia furou sua cabeça com a faca, aumentando a poça que manchava o chão.

Levantamos a Gertrudes, o guidão, a roldana e a pedaleira, do lado que sofreu o impacto, ficaram no chão. O cavalete e o retrovisor quebraram. A chave ficou na ignição, e o motor, ligado a noite toda. Tentamos dar partida, mas não girava de jeito nenhum.

Leticia sentiu um cheiro e percebeu que, junto do sangue, havia um líquido mais escuro e viscoso, era óleo. Ela entendia de motos, tinha uma, e até carteira de habilitação. Avaliou e disse que, por ter ficado tombada e ligada, as peças internas, com o aquecimento, se fundiram. Não havia salvação.

Voltamos para aquela casa. Atrás, havia uma árvore carregada de limões, pegamos alguns para fazer limonada. Quando levei um copo para Ana, pude reparar que ela tinha as mesmas pintas da Leticia, que na verdade eram dela.

Dei a notícia da moto para o meu pai, que ficou visivelmente abalado e nos questionou se tínhamos certeza absoluta.

— Sim, a parte interna se fundiu toda com o aquecimento e muitas peças pequenas quebraram, que juntas são essenciais — Leticia explicou.

— Não é possível... — respondeu apreensivo. Ele a conhecia melhor do que qualquer um.

— Vai lá ver — ela disse, sem paciência.

Meu pai ficou desencorajado. Era real. Desde esse dia, passou a falar mais sobre sua moto do que já fazia.

Ele não conseguia esticar o pé, muito menos apoiar no chão. Decidi buscar algumas tábuas no porão para improvisar muletas. Separei uma ripa longa de madeira, uma média e duas menores, de tamanhos diferentes, uma para apoiar as mãos, e outra, as axilas. Testei antes e me incomodou, então as envolvi com panos velhos, o que ajudou.

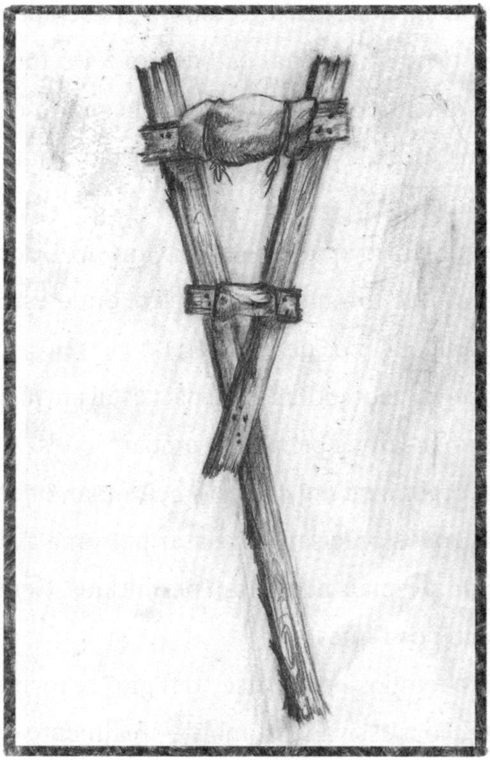

Enquanto isso, Ana e Leticia saíram, dizendo que iam procurar por um veículo que desse para transportar uma pessoa debilitada. Foram com a Suzuki DR 200S delas, que antes tinha outro dono (provavelmente morto). Tem uma mecânica simples, sendo excelente para estradas deterioradas, segundo meu pai.

A filha pilotava. A mãe sempre teve carro, mas agora também se vira bem nas duas rodas. Eu preciso aprender.

Pensamos que elas iam embora pra sempre, o que não seria tão ruim, afinal, já haviam feito muito por nós. Mas duas horas depois, as vi chegando de volta. A garota na moto, e a mãe em uma picape quadrada e cinza. Era perfeita.

Descobrimos que elas moravam no Litoral Sul e escaparam de um navio cargueiro, onde estiveram durante pouco menos de um mês.

Por serem moradoras da região, estavam lá quando começaram a sair as primeiras embarcações. A prefeitura local organizou um campo à beira-mar, onde antes de entrar, todos precisavam passar por uma avaliação de contágio, animais não foram permitidos. Cenas clássicas, como nos filmes.

Pouco tempo depois, esse "refúgio" se tornou uma concentração massiva de zumbis — realmente clássico. No porto, três barcos principais estavam disponíveis. Ana e Leticia embarcaram no segundo, que não era um cruzeiro, mas um porta-veículos — seus porões eram enormes estacionamentos. Os embarcados, que eram muitos, se acomodavam como dava, dividiam cobertores, tinham hora para dormir e para comer. No início da tarde, recebiam sopa de peixe ou macarrão. Mais tarde, pão ou maçã. O saneamento era escasso, se limpavam com baldes, usando a água do mar. As pessoas ficavam cada vez mais fracas e estressadas, aconteceu de alguns até se jogarem.

Enquanto isso, a turma da prefeitura e da alta classe se alojou junto da tripulação em acomodações com mais recursos. Também tinham armas.

Até que, em uma madrugada, eles decidiram soltar um zumbi no andar do dormitório mais ocupado pelo povo, e trancaram a porta.

Leticia estava alojada no centro, junto da mãe e do pai. O povo à sua direita tentava derrubar a porta.

Em dois minutos, várias pessoas tinham se transformado. Pelo menos por um tempo, a maioria dos zumbis ficou ocupada, comendo.

A família de Leticia escapou, junta. Quem saía, corria em direção ao topo da embarcação, a única área que dava acesso ao mar, a única escapatória.

Ao chegarem à parte superior, perceberam que o veículo não se movimentava, e ao olharem em volta, deram de cara com outro navio, pareado com o que estavam. Esse se parecia mais com um transporte para humanos, e havia um grande escrito: "CARGA FRIA", na lateral. Entre os navios, uma prancha larga se estendia. Os burgueses faziam uma travessia, levando consigo uma quantidade surreal de pertences.

Não foram os primeiros a testemunhar essa cena patética. Quem chegou antes, ou se atirou ao mar ou tentou atravessar. Os que estavam com fogo nos olhos, ficaram obstinados a eliminar os medíocres e a tomar suas posições. Dentre eles, estava o pai de Leticia, que ela chamava de Caco.

No barco novo, homens reunidos começaram a tentar derrubar a ponte improvisada para interromper o fluxo de pessoas, atiravam em quem se arriscasse a avançar. No entanto, o povo era massivo, e muitos se sacrificaram no desespero até que conseguissem colocar os pés novamente num convés. Então começaram a atacar aqueles que tentavam impedi-los. Leticia disse que viu seu pai deixar um homem inconsciente com um único soco na boca. O cara tinha uma faca embainhada na calça, que agora pertencia a Caco.

Todos começaram a cruzar para o outro navio. De repente, não havia mais ninguém na contenção, e em dado momento, zumbis, que estavam na invasão do dormitório, apareceram, e também começaram a passar.

Ana segurou a mão da filha e do marido, e correu em direção à borda, achava melhor pularem no mar e boiar, pelo menos por um tempo. Ao olharem para baixo, viram um tênder saindo, uma embarcação menor, usada para transporte entre a costa e o navio. Mais uma vez, canalhas tentando fugir. Leticia virou para trás e agarrou no braço da primeira pessoa que viu com uma arma, inconsequente, querendo tomá-la. Por sorte, era um conhecido. Seu nome era Gil, também pai. Nesse instante, só tinha uma de suas filhas consigo, ela chorava desesperadamente. Leticia o trouxe para perto e mostrou aquele tênder, ele soube o que fazer.

Caco ficou de costas para o amigo, com a faca em mãos, ao lado de Leticia e de Ana, que segurava a filha do outro homem pelo braço. A arma que Gil tinha pegado era um rifle. Ele se ajoelhou, colocou o cano apoiado na borda e mirou primeiro no jovem que segurava uma arma.

Um tiroteio começou. Logo derrubou o primeiro, depois, um senhor que tentava sacar uma pistola das calças, apavorado. Um deles pulou na água e sumiu, a motorista que, por último, tentou acelerar, tomou alguns tiros.

Decidiram pular ao mar, Leticia foi primeiro, depois a criança, Ana, Gil e Caco.

Chegaram até o tênder nadando. Viram nesse momento dois botes saindo do cargueiro, e neles, pessoas bem-vestidas. Gil não teve piedade, ao reconhecer que eram tripulantes, mirou e disparou. Eles revidaram, e nisso, atingiram sua testa.

— Papai! — sua filha, que parara de chorar pra recobrar o folego, voltou a gritar, histericamente. Tinha no máximo oito anos. Correu até ele e ficou, de olhos fechados, agarrada em seu corpo. Ela presenciou tudo sendo perdido, sua irmã e depois Gil.

Engatinhando, abalada, Leticia foi até ele e pegou a arma de suas mãos, a vestindo pela alça. Enquanto isso, Ana estava na cabine tentando tomar controle da direção.

Caco estava jogando os corpos para fora, quando o acertaram pelas costas. Ele mal viu acontecer.

Os tiros cessaram, os inimigos priorizaram partir em vez de matar aquelas três mulheres.

Leticia correu até Caco caído, regado a sangue e água salgada. Sua roupa estava tomada de vermelho. Ela se aproximou devagar, atônita.

— Sinto meus olhos pesando, Leca. — Ele sorria e a olhava de maneira profunda. — Eu confio em você para seguir em frente, para dar força à sua mãe. Não deixe isso te estragar. Você vai sobreviver, é mestre nisso, conseguiu por três anos! — Ele se referia à sobrevivência no jogo de apocalipse em que Leticia costumava passar horas a fio, vivendo a história. Um verdadeiro hábito.

— Eu te amo, filha, demais. Você e sua mãe são a melhor coisa que me aconteceu. — Seus olhos ficaram à deriva — Segundos depois, antes de partir, lhe entregou a faca que havia roubado e a contou:

— Todo esse sangue parece um banho quente.

— Pai, não faz isso comigo. Caco! — Embainhou o presente nas calças, estalou os dedos na frente do rosto dele — Presta atenção. Fica aqui. Eu te amo.

Ele fechou os olhos.

— Socorro mãe! Vem aqui!

A respiração dele foi diminuindo gradualmente, até parar por completo.

E sem que Leticia tivesse sequer processado, uma explosão no cargueiro gerou uma onda gigantesca, que engoliu o tender.

A última coisa que viu, não foi o rosto do seu pai, mas aquela onda, que ficou tatuada em sua mente. Ela se segurou por instinto a qualquer parte fixa do barquinho, sentiu uma pancada terrível, e tudo estava azul e preto.

Ela me contou que nunca sentiu medo de nada, exceto daquela onda. Enorme. Vindo em sua direção.

Eu acreditei. Leticia não expressa medo, pelo menos não dentro do que eu entendo, é sempre receio ou ansiedade. Me choca um pouco, mas ao mesmo tempo, acho atraente.

Era alvorada quando abriu os olhos. Só a mãe estava com ela. Ana mal falou com Caco, mal o viu. Haviam perdido seu corpo, os de desconhecidos que não havia terminado de tirar, o de Gil, e sua filha, que ainda viva, lastimava agarrada ao pai. Todos desapareceram completamente no mar.

O sol nasceu no leste, decidiram ir para o oeste, sentido casa. Não tinham nada além da arma que Leticia pendurou no corpo e a faca roubada que ganhou do pai.

Depois de um dia de viagem e uma sensação de morte, chegaram em Itanhaém, que estava totalmente devastada. Então, foram em direção à cidade, na expectativa de encontrar alguma instalação vazia.

■

Naquela casa localizada num bairro desconhecido, o cheiro do zumbi que havia explodido pela janela impregnou a entrada, e apesar de eu não sentir, importunou os outros a ponto de acharem impraticável ficar até nos quartos de cima.

Então, na manhã seguinte, decidimos partir, juntos. Nós quatro vivemos por algumas semanas numa casa de campo. Meu pai precisou ficar de repouso total durante uns sete dias, mas no oitavo, já estava se movendo com auxílio da muleta. Mais uma vez, os recursos começaram a ficar escassos.

Um dia, quando buscava suprimentos com Ana, vimos um registro numa parede, que dizia: "Local civilizado procura por sobreviventes, Fábrica Pão da Serra, 2 KM". Por um momento, fiquei confusa com o "KM", mas quando Ana falou: "Olha, pertinho daqui", lembrei que eram quilômetros, e não "2 VÍRUS ZUMBI".

Aí pensei: podia ser qualquer lugar, mas não, era uma fábrica de pão. O lugar perfeito para minha mãe.

Apesar de gostar de nós quatro juntos, certa estrutura, itens essenciais acessíveis e uma comunidade melhorariam a vida e aumentariam um pouco nossa chance de sobrevivência.

Ao voltarmos, contamos sobre a mensagem. Leticia ficou receosa, descrente de que lugares estáveis existiam. Eu disse a ela que poderíamos checar com o pé atrás, dois de nós por vez, para caso precisassem de resgate. Apesar de hesitante, foi o suficiente para convencê-la a tentar, com a condição de que fôssemos primeiro.

Fiquei apreensiva de ir com meu pai machucado. Se precisássemos fugir, mesmo contando com elas, seria difícil. Mas talvez, justamente por sua condição, as pessoas do novo lugar pudessem nos aceitar. Não importava quantas vezes pensássemos a respeito, conhecer pessoas havia se tornado mais desafiador do que já era.

A Lê me diz absurdos às vezes, me contou que sobreviveu porque estava ambientada com o cenário, já que passou três anos jogando um jogo de apocalipse zumbi muito difícil, de mundo aberto e com o mesmo personagem, sem morrer.

— É um vício antigo — contou.

— Acho impossível. Uma coisa pode até ter ensinado outras que ajudaram, assim como eu com filmes e séries, mas definitivamente não é só isso — opinei.

— Só? Assistir não te faz tomar decisões. Eu vivi anos de munição limitada, infecções, organização de inventário e decisões em segundos. Treinei precisão, tempo de reação... Deixou minha coordenação e reflexo afiadíssimos. Faz bem mais sentido do que você, por exemplo, que vive de bom humor — ela falou em tom de provocação.

— Oi? — falei, fingindo estar ofendida.

— Não é crítica, é elogio, te acho atrevida. Parece não ter noção desse abismo real. Isso pode salvar, sabe? Mergulhar nele, destemida. Tratar como um jogo. Acho que você vive porque te falta tato de realidade.

— Eu penso bastante, sim, e acho que a realidade faz mais sentido do que nunca.

— Tá aí, *belo* senso de humor. Chiste mais.

— Não tô tentando ser engraçada — eu falava sério.

— Só torna mais cômico.

— Não sou sem noção, sobrevivi pelas seguintes razões: meu cardio é bom, fazia muita esteira porque gostava de correr ouvindo *drum and bass;* tive sorte, mas acho que ela foi conquistada, favorece os ousados; meu pai é um ótimo protetor, segurou muita bronca; e porque eu quero, sempre quis.

Ela me encarou com uma malícia divertida.

— Já você afirma que tá viva por causa da dança dos seus dedos. E eu é que viajo? — continuei.

— Não é dança de dedos, é destreza, reação. — Ela teve um tom de professora impaciente.

— Então dança dos dedos não é especialidade sua?

— Fiquei boa nisso também, mas estou dizendo que, pra matar mortos, uso outras habilidades, não o que fazia com o analógico. Meio idiota pensar que eu mexendo no controle é a mesma coisa que estar nesses pés.

— Ah entendi... — Não tinha entendido direito, mas estava achando-a engraçada.

Depois de conversas assim, implicantes, e o passar dos dias, acabamos criando intimidade. Leticia usa palavras difíceis, como "tiritar" (tremer), "doravante" (daqui em diante) e "chiste" (dito que contém humor), e as conjuga de maneiras que não existem, porém que parecem corretas. Não sei, soa superinteligente para mim.

Recentemente, arrumou uma mania que me deixa louca, de roer a própria arma. No caso, a boca da pistola, que veio na bendita picape cinza. Diz que faz isso para aliviar o nervoso e se sentir no controle. Para mim, além de ser muito podre, é perturbador, mesmo travada.

■

Passamos alguns dias procurando pelo lugar prometido. Quando encontramos, ficamos observando à distância. Durante as noites, nos abrigamos em uma ex-pizzaria próxima, lutamos contra dois zumbis cidadãos que estavam presos nos fundos, nenhuma grande complicação. No terceiro dia, eu e meu pai fomos à fábrica, tínhamos certo senso de dever com Ana e Leticia, e ele conseguia andar com cuidado, sem depender sempre de um apoio, por mais que ainda o estivesse usando.

Deixamos a picape escondida há menos de um quilômetro dali. Fomos apenas com o rifle de ferrolho e minha faca escondida. Combinamos de elas esperarem duas noites na espreita. E se tudo desse certo, deveriam aparecer, inicialmente, fingindo que não nos conheciam.

A região não tinha muita movimentação, mesmo durante as noites — acredito que por estar em uma zona rural e o povo ter seguido para margens d'água mais óbvias do que represas. A fábrica é um enorme bloco claro, metálico, típico de galpões industriais, de aparência agradável. Há um escrito logo na frente, em uma fonte simples, num material também de metal: "Pão da Serra", seguido de uma imagem de um pão sendo cortado por uma serra, ambientado numa serra — nesse caso, o tipo de estrada. É charmoso.

Fomos recebidos no portão por uma mulher chamada Agda, chamada por um homem numa guarita, que nos viu chegar. Ela é bem mais velha, um pouco mais baixa que eu e bem mais robusta. Suas canelas me chamaram atenção de imediato, são as mais fortes que já vi, com veias saltadas e, francamente, uma aparência de rocha. Usava bermuda com coldre, revólver embainhado, tênis esportivo e camiseta sem estampa. Tinha o cabelo bem curto, encaracolado, e uma expressão fixa de mau humor.

Ela pediu nossas armas e nos revistou, encontrando a faca que eu havia deixado dentro de um bolso escondido da minha mochila.

— Desculpe, acho que você entende... Agora foi tudo, mesmo — falei.

Ela ficou com uma cara mais carrancuda ainda. Chamou um rapaz que estava escondido, com uma arma automática. Ele se juntou a nós, e fomos conduzidos até um espaço isolado, cruzamos com algumas pessoas fazendo atividades, que olhavam com curiosidade.

Fomos entrevistados num pequeno depósito. Começaram dando uma boa olhada na perna do meu pai, depois coletaram informações como dados pessoais, parentesco, medos, doenças, o paradeiro antes dali, a origem da arma e o que estávamos buscando.

Depois disso, o homem foi dispensado. Mas de livre e espontânea vontade, ficou nos encarando da porta. Parecia tentar fazer cara de malvado, em vão. Tinha o cabelo arrumado e cacheado, o bigode feito e a barba raspada. Usava uma camisa amarela de mangas curtas e calças azuis rasgadas. Se não fosse pela arma automática cruzando seu corpo, diria que se parece com um professor de história.

Agda colocou um óculos que deixou seus olhos maiores, fez anotações em um caderno e passou a fazer perguntas mais instigantes:

— Vocês costumavam ter muitas pessoas antigamente?

— Amigos e família, você diz? Ou um grupo quando tudo começou? — Meu pai tentava entender.

— Antes disso — ela esclareceu.

— Ah, sim. Tinha minha esposa, com quem tive a Melina. — Olhou apontando para mim. — Cinco irmãos e dois bons amigos...

— Não encontraram nenhum?

— Encontrei minha esposa.

— Infectada — ela deduziu pelo tom da fala.

Ele fez que sim com a cabeça, então ela disse de forma quase robótica:

— Você queria que ela estivesse morta?

Essa indagação o deixou sério, afetado. Franziu as sobrancelhas e falou:

— Que pergunta é essa?

A mulher desviou a vista para o chão. De repente uma tristeza explícita estampou seu rosto. Meu pai mudou a postura e ficou encarando um canto.

— Não — eu respondi. — Eu não, pelo menos.

Ela voltou a me fitar, não parecia mais má, nem um anjo. Continuei:

— Achava que infectados seriam mortos, mas não parecem desencarnados. Pensava que se me transformasse, gostaria que tudo acabasse, mas nessas circunstâncias, se eu virar zumbi, desejo viver o outro lado. A maioria da humanidade está lá, contando a minha mãe. É como se fossem o mesmo animal, funcionando diferente. Logo, não, não gostaria que estivesse morta. Prefiro acreditar que ela está por aí, numa nova forma. — Pensei um pouco, e como todos seguiram em silêncio, continuei falando — A menos que tenha virado fiapos de carne num esqueleto, já vi um desses. Não sei como estava vivo. Era impossível, mas se movia. Me perturba até hoje...

Meu pai me fitou estranho, preocupado, acredito. Ficamos quietos um tempo, até que ele respondeu:

— É, Lina. Não sei se quero pra mim, mas pode ser preferível a apodrecer em uma única posição pra sempre. — Tinha confiança nas próprias palavras. — E é melhor a dúvida do que a certeza.

Agda virou para o lado e passou a mão pelo rosto. Ninguém se olhava.

Ela respirou fundo e retomou:

— Vocês matam em que circunstâncias?

— Extremas — meu pai disse e se endireitou na cadeira, a dor na perna afetava ainda mais sua coluna.

— Pra se defender. — Lembrei daquele bebê que me perturbou, o que não tornava essa minha fala uma mentira. Senti vontade, mas não fiz nenhuma ação a respeito.

— Humanos?

— Só se necessário.

— Quando é necessário?

— Se nos atacam ou ameaçam, respondemos. Nunca tivemos iniciativas violentas, não é da nossa natureza, mas precisamos zelar por nós.

— Já mataram pessoas. — afirmou de novo.

— Dois homens que tentaram me levar — expliquei.

Ela fez um bico de quem concordava e balançou a cabeça em afirmação. Entendia.

— Qual era a profissão de vocês?

— Meu pai era programador, e eu, não sei, talvez artista.

— Corajosa. E por que chegaram até aqui?

— Porque estou com ela — meu pai disse.

Fiquei morrendo de vergonha do jeito que falou, parecia um personagem de pai. Não uma vergonha ruim, vergonha de filho.

— E você? — Agda não se comoveu.

— Eu sempre quis, apesar de não ser como imaginei... — soltei sem medir.

— Tenho razão pra continuar — meu pai me interrompeu como um advogado calando um cliente. — Sei que ela dá conta, como deu em todas as outras fases de sua vida, mas também sei que tinha sua mãe presente dando amparo... Compartilhar aprendizados e trazer a ideia de que o mundo é um lugar possível, independentemente dos mistérios da existência, tornou mais simples o seu crescimento... É nosso papel. Não porque ela é frágil, mas porque cuidar e ser cuidado por quem você ama traz sentido.

Ouvi o rapaz que ainda nos acompanhava, mas da porta, fungar, com o rosto olhando pra fora.

Segurei o choro nessa hora, fiquei emocionada em tomar consciência disso, até falei:

— Nos saímos melhor juntos. Imagina viajar sem companhia?

Minha mãe estava mesmo sempre presente, foi uma grande ensinadora. Meu pai trabalhava muito quando eu era criança, isso mudou há poucos anos quando foi demitido da antiga empresa. Apesar de nos vermos todas as noites, ele sempre chegava tarde e cansado, nossos momentos aconteciam no primeiro domingo de todo mês, ele pegava sua moto e íamos passear pelas redondezas, comer algo legal e passar a mão em cachorros desconhecidos. É como se agora todo dia fosse os primeiros domingos, mas sem minha mãe, sem a Gertrudes, sem cachorros e sem comida.

Agda não pareceu tocada com nossos corações abertos. Também não precisava.

— Alguma característica em especial que gostariam de pontuar? — seguiu.

— Sou bem disciplinado e bom em logística. Posso organizar funções com base no que cada um tem de melhor.

— Nossa, você pensou nessa resposta ontem a noite? — perguntei.

— Pensei pra ser honesto.

Respeitamos. Eu devia ter pensado também.

— Você é calmo — completei.

— E velho — ele disse. — Não estou arriscando tantos anos assim, traz certo desapego.

— Que isso, pai, não chegou nem na metade ainda.

— Claro, Lina — falou totalmente sarcástico, me julgando com afeto. — Com essa coluna... só se me derem um corpo novo.

— Já pensou? Será que seu eu zumbi ia sentir a lombar pegando?

— Se me respondesse que sim eu repensaria minha afirmação de minutos atrás.

— Larga a mão, pai, você dá conta, se não for pela vida como ela é, que seja por teimosia.

— Se eu conseguir vai ser só pra ver até onde você vai.

— Nesse caso vou até cento e quarenta pra você ter que ir até os cento e oitenta.

— Eu teria duzentos e três, Lina — ele me corrigiu. — Com sorte eu chego lá. Desculpe, vamos continuar.

— E você, menina? — Agda voltou para mim.

Fiquei tentando pensar no que me destacava, mas nem no que amava, que é o apocalipse, conseguia ser tão boa. Até que falei:

— Posso montar materiais visuais bem legais por valores mais baratos do que os de um designer formado.

Meu pai me olhou sem entender, certo desconforto pairou no ar, parecia forçar uma neutralidade. O pior é que eu não estava brincando. Os olhos de Agda se estreitaram. Foram respostas inconsequentes, me senti inadequada, mas sempre fui um pouco. Ser genuína para mim sempre foi uma sensação humana, não foi esse dia que decidi me podar. O que não anula meu arrependimento. Estava abrindo a boca para me desculpar, quando ela interrompeu:

— Um pouco de bom humor vai servir.

Eu e meu pai ficamos surpresos.

— Ela puxou da mãe esse atrevimento. Acho cativante, uma audácia inocente. Sei que sou pai, isso me faz suspeito, mas acho a Lina destemida e autêntica. Sempre foi verdadeira a si, mesmo que isso a fizesse ser vista como enrolada.

Fiquei feliz em ouvir, pais dificilmente colocam em palavras desse jeito o que pensam sobre nós.

— Eu já tinha aceitado. — Agda fez uns segundos de silêncio. — Vocês dois têm valores bem determinados, não parecem indiferentes, precisamos de pessoas íntegras.

Funcionou.

Eu internamente comecei a analisar meu caráter duvidoso. Se me aceitaria na minha equipe... Acho que sim.

Ela se levantou, como quem sente dores, e soltou um resmungo de mente cheia. Estendeu a mão e disse:

— Bem-vindos então, vamos tentar.

A cumprimentamos e Maicon, o homem com a metralhadora, também. Diga-se de passagem, o aperto de mão dela deu de dez a zero no dele no aspecto firmeza.

Agda nos levou para área de alojamentos, onde conhecemos outras pessoas e pudemos deixar nossas coisas, passamos dois dias ocupando apenas ali, o refeitório e banheiros que tinham dois chuveiros em cada, com água quente. Havia um espelho grande, de corpo inteiro. Fazia muito tempo que eu não me olhava com atenção. Estava magra demais, totalmente rígida, minhas olheiras profundas, parecia dez anos mais velha. Sujeiras se juntavam debaixo das minhas unhas fracas. Poros dilatados ocupavam meu nariz, desinibidos. Meu cabelo estava estático pelo sebo, felizmente não tinha consciência do meu cheiro. Mas tive a sensação, pela primeira vez, de reconhecer meu reflexo. Me senti pertencente ao mundo.

Depois de me esfregar como nunca e colocar uma roupa limpa, que me emprestaram para lavar as minhas, rejuvenesci.

■

Ana e Leticia se juntaram a nós na data que havíamos combinado. Quando chegaram, estavam nos liberando para explorar o restante das áreas ativas. Elas passaram pela entrevista e foram aprovadas. Com os dias, sentindo alguma confiança, expliquei que nos conhecemos há algum tempo e que entramos dessa forma por cautela. Agda me disse que essa era a segunda e última "questão surpresa" que ela perdoaria vindo de mim. Eu acho que ela perdoaria mais algumas se fossem sempre justificáveis assim.

Aos poucos, fomos nos instalando em suas rotinas. Eu e meu pai passamos a viver oficialmente nessa fábrica, junto de outros dez sobreviventes, contando com Ana e Leticia.

Nas primeiras semanas, acredito que, devido ao recolhimento e a um certo nível de despreocupação, foi aberto um espaço para o luto ressoar em nós com força, assim como na Leticia em relação ao pai. Caiu como uma tempestade, doeu de um jeito novo, porém, com esse estado de vulnerabilidade, criamos uma conexão ainda mais significativa.

Quando nos conhecemos, Leticia estava como eu, num estado pós-traumático defensivo, interrompido por crises ocasionais de choro compulsivo. Ela me chamava de amiga por mania, e apontava sua faca em diversos momentos, com uma naturalidade de quem já matou. O que me chocava, mas, mais uma vez, me atraía.

Faz um mês que chegamos aqui.

O funcionamento da água quente, assim como de algumas máquinas industriais, se deve ao gerador do outro lado da estrada, onde se encontra o grupo de sobreviventes da Eco Rodovia. Nós fazemos trocas, enquanto fornecemos ovos, carboidratos, grãos e fibras — eles têm um viveiro com seis árvores frutíferas e fonte de energia hidrelétrica, que possibilita o processamento dos alimentos que oferecemos.

Temos um lugar de armazenamento com estoques de ingredientes em grande escala, contando com fermento, farinha, leite em pó, ovos líquidos pasteurizados, açúcar, sal, óleo, castanhas, grãos e sementes, além de uma pequena horta. Espaços grandes e isolados acabam sendo mais perigosos por conta de animais infectados, apesar de que não há mais tantos como nas primeiras semanas. Curiosamente, eles vivem uns dois a sete dias depois de serem infectados. Fico imaginando o que tem de diferente no organismo humano para estarmos resistindo por mais tempo. Não sei se "resistir" é a palavra.

Temos algumas precauções: ocupamos cômodos reduzidos, sempre há pelo menos uma pessoa monitorando a entrada e fazemos limpezas com frequência, usando o que está ao nosso alcance. Uma senhora, de aparência muito interessante — sempre carrega consigo uma foice na qual se apoia — realiza queimas de cravo em áreas externas todo início de noite, parecendo uma ceifadora, seu nome é Dona Sebastiana.

Apenas as áreas que utilizamos tem a eletricidade ativada. As paredes são de aço e pouca luz do dia alcança o chão.

Só tem um porém: o povo daqui, já tinha complicações com a turma da frente. Diferente de nós, eles têm um líder bem claro.

Ele se chama Lázaro e carrega uns cinquenta e poucos anos de idade, era um dos três funcionários que tomaram a empresa logo de cara. Lá, há quinze pessoas — familiares, conhecidos desses homens e agregados. Quando fomos apresentados, levaram nós quatro juntos. Já senti um clima de submissão nesse instante, como se precisássemos da permissão deles, mesmo sendo de outra instalação. Apesar de receptivos, alguns se comportavam de maneira evasiva. E alguns homens, já de certa idade, nos fitavam de maneira incômoda.

Lázaro tem um jeito exibido e carismático, vende bem sua imagem de líder, tem uma energia de controle — maldisfarçada de generosidade. Sente bastante orgulho do que construíram e constantemente compara as dinâmicas da nossa fábrica com o seu espaço, às vezes de forma incisiva demais.

As palavras de Agda sobre ele são:

— É apenas um homem de discurso vazio, que de tanto insistir se convence do que diz. Com o excesso, tem uma ilusão de convicção, que ecoa em perdidos e fracos até virar crença. Lázaro chega a falar coisas que pensei com doze anos de idade e tive cerne o suficiente para desencanar. — Ela perdia cada vez mais a paciência — O que move ele e seus homens é exibicionismo e realização de prazeres. Impõem e possuem, como se os atribuísse qualquer valor. Essa prepotência... A repetição me pesa de tédio.

■

Eles também têm áreas selecionadas para funcionamento: sala de rádio, de reuniões, refeitório e dormitórios, localizados no antigo departamento corporativo.

Logo na primeira semana, nos convidaram para um almoço, não apenas nós, mas todos do nosso lado da estrada. As pessoas não agiam como se nada estivesse acontecendo do lado de fora, mesmo assim, era estranho se aprontar para um compromisso como antigamente. Uma garota jovem da nossa idade quase grudava os pés no chão para não ter que ir. Seu nome é Nádia, não conseguiu notícias, nem encontrar nenhum familiar ou amigo pelo caminho. No fim, ela acabou cedendo e foi, contrariada.

Na sala de refeições havia janelas altas, com vidros grandes e bonitos, que transpareciam as árvores afora e deixavam entrar muita luz. As mesas foram enfileiradas trazendo uma aparência de banquete. Serviram salada com uma boa variedade de legumes e verduras, tilápias, inúmeras, vindas da represa, e uma macarronada com molho natural de tomate. A massa era caseira, claro, mas daria para perceber pela irregularidade das gravatinhas, algumas eram bem maiores do que outras, a grossura também variava e não estavam igualmente cozidas. Uma delícia.

Vi Agda passar as cenouras e beterrabas do seu prato para o de um garoto, dos nossos, chamado Tião. Ele tinha vinte e cinco anos, eu diria.

— Agda, toma jeito. Eu não quero.

— Sem cerimônia.

— Então vou te dar alguma coisa. — Ele começou a separar a cabeça do peixe.

— Você é ruim, hein?

— Você é que fica me dando suas cenouras. Eu nem gosto da cabeça também.

— Se não quer eu como — disse João, irmão do outro, para Agda.

— Dá só o olho, menino.

— Dou os dois então. — Tião devolveu, já colocando no prato dela.

— Eu também não quero os meus, coisa nojenta — João falou, tirando os seus para dar a Agda.

— Nojenta é essa merda. — Tião sinalizou dentro do peixe do irmão.

— São ovas — Zeco, o braço direito de Lázaro, que estava prestando atenção, se posicionou.

— Olha aqui. — Tião disse e João estendeu o prato.

— São ovas, te garanto. Iguarias raras.

— Erro meu, então. — Tião falou. O outro comeu. E fez imediatamente uma cara de desgosto.

— Nossa, é amargo, né?

— É. Algumas são melhores que as outras, você não deu tanta sorte pelo jeito.

— Você sabe que comeu merda, né? — Tião falou baixo.

João balançava a cabeça em negação.

— É meu filho... — Agda cochichou, eles se divertiam.

Os créditos da refeição foram dados às mulheres de diferentes idades que ali residiam, uma já com aspecto de senhora foi a mais parabenizada, deve ter levado um tempo considerável para preparar com tanto cuidado alimento para tantas pessoas assim. Também agradeceram a dois rapazes pela pesca árdua que colocou tantos peixes à mesa.

Lázaro fez uma menção de agradecer a Deus pela comida, mas percebi que foi uma piada, seu povo todo desdenhou internamente.

Eu estava tirando meticulosamente os espinhos do peixe quando assuntos começaram a engatar.

— É bom demais alguém cozinhando pra gente, não é? Desculpa, qual seu nome mesmo? — Zeco interrogou.

— Melina. É, fazia tempo que não comia bem assim.

— Você cozinha ou tinha alguém que fazia pra você antes?

— Minha mãe costumava fazer isso.

— Ela? — referia-se a Ana.

— Não, não somos parentes.

— O que você sabe fazer?

— Algumas coisas, mas ultimamente tenho me preocupado em sobreviver mesmo.

— Sou da área de saúde — Ana se intrometeu.

— Que benção, eu ando muito constipado.

— Eu tenho escoliose, você sabe fazer quiropraxia? — um outro rapaz disse.

— Nunca me especializei, acho perigoso tentar.

— Mas dar algumas estraladas pelo menos você pode, né?

— Posso.

— Ótimo, o povo aqui está precisando se consultar — Zeco falou.

Nádia tinha os olhos vidrados no prato, como se estivesse dissociada, e assim como Leticia, comia quieta.

A maioria ali estava armada, reparei.

— Como vocês conseguiram tantas armas? — perguntei.

— Eu já tinha a minha — disse Lázaro tocando no próprio quadril. — O Pedro ali me vendeu há alguns anos, ele tinha uma loja de segurança particular, falei pra nos encontrar aqui e ele conseguiu, trouxe tudo o que coube em seu carro.

O homem pra quem apontava com o queixo, disse:

— Meu amigo da polícia me avisou com antecedência que ficar no centro de São Paulo não era uma boa ideia, consegui me preparar antes do dia Z. Sempre confiei nele porque quebrou muitos galhos pra mim. Não nos juntamos porque estava em operação. Espero reencontrá-lo.

Zeco ergueu o copo com água que tomava, em sinal de respeito. A situação foi superembaraçosa para mim, mas acho que disfarcei bem.

— Vocês têm quantos anos? — um outro rapaz perguntou, para mim e para Leticia.

— Ela tem 17 — meu pai falou antes que eu pudesse responder, era mentira, eu tenho 23. Estava com cara de uns 28 nesse dia. Mas não ia desmenti-lo na frente do povo.

— E ela 19 — Ana respondeu sobre a filha.

— E ela não falou o que faz — o homem disse.

— Cursava engenharia química, só tive tempo de concluir o primeiro período — Leticia respondeu sem entusiasmo.

— Sabe encontrar petróleo então? — ele questionou.

— Não, sei mais processamento e transformação.

— Ah, que pena.

— Nem tanto.

Esse nosso primeiro contato longo não teve nada de muito especial. Explicaram resumidamente as dinâmicas de troca, e discutimos o que cada um de nós desempenharia. Ana realmente fez algumas consultas, até serviço de terapeuta. Descobri pela Leticia que ela não era médica, como eu tinha pensado, mas sim uma *personal trainer* formada em educação física. Mantivemos segredo pra conservar sua pose e o respeito desmedido dos outros. Começaram a organizar uma ida à farmácia a seu mando.

O povo da Eco Rodovia pediu para pegar todos os lenços umedecidos, seringas, camisinhas e fraldas geriátricas que encontrássemos. Leticia ficou encarregada de aprimorar e cuidar do sistema de defesa para deixar as instalações mais seguras. Meu pai ficou responsável por buscar sinais, monitorando o rádio, enquanto fazia caminhos sinalizando rotas seguras e perigosas em mapas. Eu fiquei com a função de criar avisos para espalhar, na intenção de agregar mais pessoas, e de documentar acontecimentos para registrar a história do nosso grupo, preservando a memória. Ele é formado por algumas pessoas que Agda — que costumava trabalhar como tia da perua — encontrou ao longo da estrada logo nos primeiros dias. Ela aceitou quem parecia buscar paz, sobrevivência e ter bons atributos, sendo eles: Ramos, que costumava ser segurança particular, Nádia, a garota triste e Dona Sebastiana, a senhora da foice.

Três de nós já estavam na fábrica: Maicon, o homem que participou da nossa entrevista e era supervisor de produção, e os irmãos Tião e João, que não saíram por não terem para quem ir.

Agda apenas sabia que ia para perto da represa e que era boa de mira, pois costumava, em tempos mais simples, brincar com sua família de acertar garrafas com uma arma de pressão.

Ela escolheu esse local ao se aproximar, pensando nos estoques. É uma presença firme devido à sua voz ativa, sabe se impor quando é necessário, mas sem se fechar às opiniões, é bem democrática e uma ótima moderadora. Diferente da Eco Rodovia... Qualquer um consegue ver que lá os homens comandam e as mulheres se abstém, focando em tramas "domésticas".

Não deve restar patriarcado que nos discrimine como no antigo sistema, não temos mais regras morais baseadas nos valores e interesses da classe dominante para manter uma ordem social. Todos estão em posição de necessidade e igualmente desamparados.

Ser obediente e estar sempre disponível é abrir mão do controle da própria vida, uma existência de sombra.

Tem quem fale que é uma boa forma de se proteger, até de se beneficiar, mas elas estão confiando tudo a pessoas que nem têm certeza da competência e do caráter.

Sem ver que todos os riscos que são gratas por correrem "por elas", são questões que as próprias necessidades fariam com que eles cumprissem.

São mantidas porque os homens pensam na conveniência, no próprio conforto e na qualidade de vida, nos vendo como facilitadoras de uma jornada, como se não tivéssemos as nossas. Precisamos ter. Devemos conseguir viver sozinhas.

Apesar de ser ótimo ter com quem contar, precisamos nos garantir. No fim é cada um por si, mesmo que estimem você. Não se pode esperar que o outro segure sua mão, porque ele talvez esteja ocupado segurando a própria queda, ou até mesmo olhando a paisagem. Esse comodismo covarde se disfarça de estabilidade, mas é medo fantasiado de escolha.

Digo isso como alguém que não tinha perspectiva alguma de sair da casa dos pais. É um pouco hipócrita, porque eu dependia deles, mas nessa época existia dinheiro. O cenário mais aconselhável seria me enfiar em qualquer faculdade que garantisse um diploma e um salário. Mas isso não resolveria a equação da existência. E a que custo? Me ver presa numa rotina vazia, anestesiada, gastando o dinheiro deles e sendo refém dessa força massiva que mantém as coisas em curso, indiferentes? Qual seria o sentido? Ter o conforto de dizer ao outro "eu consegui"? Meus pais me ajudaram a existir dentro de circunstâncias que não me beneficiavam — isso é amor.

Deixar sua vida na mão dos outros é deturpado.

■

Enfim, com o passar dos dias pude perceber que Nádia, a garota calada do nosso grupo, recebia visitas de dois homens do outro lado da estrada, sempre quando Agda estava fora. Depois de um desses encontros, sugeri a Ana de tentar abrir uma conversa com ela, que é introvertida, não tem ninguém de seu passado e vive com uma indisposição severa, apesar de cumprir sua parte aqui dentro.

Nádia sentiu confiança em Ana e acabou cedendo, contando que fazia isso porque eles se aproximaram com chantagens, e ela escolheu a opção menos perigosa para sua sobrevivência. Seu "não" poderia ter consequências na vida de todos da comunidade, e contar implicaria ter que resolver.

Desde então, eu e Leticia nos aproximamos dela. Conversamos com João, que já trabalhava aqui, e ele não se importou de fazer trocas de recursos e faxina, no lugar dela. Nádia então assumiu a cozinha e os fornos, não precisando mais ir até lá, e quando estava aqui, tinha sempre alguma companhia.

Ela sabe fazer diversos penteados, ensinou os mais fáceis para gente. Agora eu e a Le sempre fazemos tranças e coques uma na outra — cabelo preso é bem mais prático.

Essa situação, compartilhada, foi parte essencial da construção de uma relação de confiança recíproca e honesta entre nosso povo. Apesar de não sabermos quem realmente são essas pessoas — porque nunca temos como conhecer alguém que não seja nós mesmos. O interior de cada um é um território inacessível, ainda que convivamos diariamente. O que nos cabe são sinais, intenções que transparecem no observável, que ainda passam pelas nossas interpretações.

É a partir desse nosso sentido de reconhecimento, da sensação de que há verdade no que o outro está oferecendo, que decidimos com quem construir laços...

Após isso, se abriram com a gente a respeito também, do passado, não tão antigo, com mais detalhes.

Contaram que, no começo, os moradores da Eco Rodovia se importavam mais em ser agradáveis. Mas logo nas primeiras semanas, perceberam sua posição de vantagem, e adotaram a filosofia que pregam hoje. Lázaro a propaga repetitivamente. Comungam da ideia de que "Se Deus não existe, então tudo é permitido", frase do Dostoiévski; usam isso para justificar tudo que deveria ter consequência...

■

Começou a se criar um clima instável sob os panos. A essa altura eu já estava à flor da pele. Agora com todos na mesma página, combinamos uma reunião.

Maicon era quem ficava a maior parte da noite de vigia. Ele expôs que movimentações estranhas vinham acontecendo durante as madrugadas na Eco Rodovia. Pediu para Tião tomar seu lugar há alguns dias. Deixou seu posto para observar melhor e descobriu que, em um dos galpões mais afastados da estrutura habitada, os homens vizinhos vêm guardando cerca de cinco zumbis. Mencionou que os viu levando coisas que sempre nos pediam nas expedições para fora das cercas, como fraldas e lenços, e que eram para os mortos. Ele pensava ser uma questão de tempo até nos atacarem para tomar nosso estoque, usando os zumbis e boas armas. Agda admitiu que a principal razão de abrirem as portas da fábrica para sobreviventes é para que tenham mais força em caso de invasão.

A atmosfera dos dias seguintes foi densa. Até a natureza pareceu mudar, anunciando o prelúdio de algo grande. Então, em uma manhã, Maicon, Ana e outros dois sobreviventes partiram para buscar suprimentos na cidade. Ele sabe que há uma loja de jardinagem próxima à farmácia de manipulação, pediu para passar por lá a fim de pegar insumos agropecuários para a pequena horta.

Ana passou por uma papelaria e pegou papéis, carvão e giz pastel pra mim, além de um cartão postal da represa que circunda nossa fábrica. É uma imagem dela pintada a óleo numa tarde de tempestade, refletindo as cores das nuvens carregadas, e no céu, há duas trombas d'água ao fundo. Acho que foi feita por um local. Ela deu para filha sem nada escrito, e depois Leticia deu para mim, com um recado.

Nesse mesmo dia ela, acompanhada de mais alguns dos nossos, montaram armadilhas para animais na mata, como buracos camuflados, caixas com iscas apoiadas em galhos e outras mais difíceis de explicar, em cima de árvores. Ela tinha esse conhecimento porque há anos leu um livro de guia de sobrevivência na natureza, escrito por um cara que tinha um canal de vídeos sobre curiosidades que ela amava ver.

Eu fiquei transitando, aprendi a mexer nos misturadores industriais e nos fornos. Meu pai ainda estava se recuperando da perna, ele fez exercícios fitoterápicos todos os dias com auxílio de Ana, mas ainda sentia uma dor residual. Por isso preferia não se submeter a tarefas que exigissem o físico.

Lázaro, desde que chegamos, tentava se aproximar cada vez mais dele por interesse em seu conhecimento técnico. Alguém com proficiência em sistemas poderia dominar melhor os recursos elétricos de lá. Nunca vi meu pai agindo de maneira dissimulada, mas nessas ocasiões ele era, adotava um personagem com aspectos de si, um pouco tímido. Ele começou a "quebrar a nossa confiança" em prol de conquistá-lo, levando bebidas especiais, remédios para dor e outras pequenas gentilezas calculadas. Agia como um homem que gosta da aprovação de outros homens e ama estar rodeado deles, enquanto coletava informações, sondando fraquezas e espaços.

Em dado momento, falou sobre nosso caminho e sobre minha mãe para Lázaro. Depois nos contou que a conversa foi bem estranha:

— Você ainda se considera casado? Vejo que usa a aliança no dedo — o líder indagou.

— Eu ainda a pertenço...

— Entendo. Vocês têm toda uma história. Eu e, outros daqui passaram por isso também. Minha Helen. Uns encontraram consolo...

— É... Ter ela como parceira é parte da minha identidade há muitos anos.

— Os sentimentos ficam os mesmos, né?

— Com um fundo de comorbidade e luto.

— Você fala com ela?

— Como uma reza.

— Acha que ela escuta?

— Não... Acho que ainda está aqui.

— Você se alivia pensando nela?

Ele ficou mudo.

— Não temos essa intimidade?

— Não tenho com ninguém. — Meu pai se impôs.

— Desculpe. Mas saiba, não tem nada de errado nisso... Querer sentir ela de novo.

— A imagem me perturba demais.

— Estava deformada?

— Não, estava como eles são.

— Você é bem civilizado... Olhou ela bem?

— Eu a vi bem.

— Certeza?

— Eu a vi bem.

— E com Deus, é comprometido?

— É difícil de acreditar... E você?

— Não. Somos os responsáveis por tudo.

— É.

— Ninguém te culpa, nem Deus, nem lei. Não há moralidade plural.

— É um ponto de vista, eu acredito que a natureza tem suas leis. — Meu pai analisava.

— A moral é antinatural. Cada um deve agir de acordo com seus próprios valores.

— É... É o que tem acontecido.

Ele se sentia cansado, não se prolongou.

Leticia ficava cada vez mais encucada. Pontos se ligavam, suas cismas não diziam a respeito apenas das diferenças e do clima de dominação, tinha algo perverso acontecendo.

E nessa mesma noite, Leticia me pediu para que fôssemos espreitar o galpão ocupado pelos mortos. Nos posicionamos e esperamos até de madrugada.

■

O céu estava muito estrelado.

Usávamos binóculos e estávamos escondidas em meio a mata ao redor. Não sei dizer que horas eram, mas tínhamos passado pelo menos umas três ali. Eu esperava pacificamente ao lado de Leca, porque era o que tinha para fazer.

Até que vimos Lázaro, acompanhado de mais quatro homens, caminhando da ala principal até o galpão afastado.

Assim que um deles abriu a porta, pude ver de relance corpos cor de mármore, frios e encolhidos, com braços e o pescoço presos à parede por cordas, usavam vestidos soltos e mordaças. Vi baias desocupadas, com círculos cortados no meio da madeira. Encostaram a porta de correr, e um dos homens ficou de guarda.

Leticia estava angustiadíssima. Ouvimos algumas movimentações bruscas e uma risada extravagante. Depois de uns vinte minutos, golpes na porta pediam abertura. Dessa vez, enxerguei o que colou meus pés no chão.

Lázaro caminhava ajustando as calças, enquanto atrás, tiravam uma zumbi da baia. Antes que fechassem a porta novamente, uma outra foi empurrada para o local. Leticia roía a boca da pistola como nunca, fazia barulho de dente sem parar.

Vimos Lázaro voltar à instalação principal. Tive a impressão de que agiu como se soubesse que estava sendo observado. Alguns minutos depois, a porta de novo se moveu. Pelo feixe, vi as mulheres zumbis em suas posições iniciais, desajeitadas. A que tinha sido conduzida por último, tentava soltar ruídos através da contenção, que abafava. E no último instante, a vi bater a própria cabeça contra a parede.

Os homens voltaram e a mudaram de lugar. Quando estavam prestes a sair de novo, ela passou a se golpear contra o chão. Eles se entreolharam com impaciência e retornaram para dentro.

No último vislumbre que tive dessa mulher, ela estava apagada. Uma consciência sem limite, sem tempo e sem espaço. Não seu corpo, não seus pensamentos. Seu físico, que perdeu quem pensava que era, se tornando parte de um todo e não questionando a Deus nenhum além de seu instinto. O que deveríamos ser, desde o início.

Quando amarrados, se debatem igual a nós, e também se frustrar a ponto de querer deixar de existir. Por causa de intervenções sociais, de uns merdas que usam argumentos de merda para fazer merda.

Deveriam poder viver sem ideações suicidas. “Se Deus não existe, então tudo é permitido.” Tudo sempre foi permitido. É só olhar a quantidade de crimes cometidos em nome de Deus e por ateus não transgressores. Cada um sempre pôde agir de acordo com os próprios valores, Ele nos deu o livre arbítrio.

Eu, nos primeiros instantes, me joguei a ideia de que o fim dos tempos era uma prova de Deus — já que fora algo que sempre desejei a Ele (um bom argumento). Brevemente voltei a questioná-lo. Ficou difícil não fazer isso quando, além de ter que lidar com o luto e a fome, tive que encarar injustiças estruturais do ex-mundo-moderno.

Eu achei que esse purgatório fosse honesto, mas a raça humana ainda está por aí e alguns continuam alimentando desigualdade, desumanização e indiferença, o que faz a existência parecer um ato de má fé. Por isso andei pensando, e acho que Ele há, mas não reina — reside.

A realidade não é perfeita e previsível. Isso é uma vontade exclusivamente humana de controle. Sendo a existência experimental. Não sendo Deus um "Salvador". É onipotente, onisciente e onipresente, mas está aprendendo na prática, como nós. Talvez seja nós, além de tudo. Como se estivéssemos nele da mesma forma que uma célula compõe um corpo. Átomos de energia de um grande átomo, que é a gente em maior escala.

O problema, é que não trabalhamos em harmonia, em conjunto. Os mortos talvez sejam nossa evolução. A forma exata, nossa redenção.

A humanidade não deu certo. É corrompida, inadequada. Não nos comportamos como parte de uma unidade. Diferente de tudo ao nosso redor, não respeitamos o equilíbrio, nos tornamos inadequados, destruindo à tudo, à terra que nos deu vida. O mal humano foi o que trouxe o martírio de Jesus em sua vinda ao abismo da carne, do desejo e da imperfeição. No fim, nem fomos salvos, apenas compreendidos. Ele, calçando chinelos, viu o que é bom e ruim em nós, tentou comunicar sobre um caminho mais bonito e por isso, acabou morto.

Assim, o ser humano, mesmo sendo comunicado em sua própria língua, seguiu como era, se recusando a entender, julgando-se indomável, superior, com seu ego. Apreciando não as coisas simples e especiais que trazem sentido pro caminho, tendo no lugar ideações megalomaníacas de riqueza e poder.

E, honestamente, bem nesse apocalipse canibal, os caras da Eco Rodovia querem dizem que Deus não existe? Logo Ele que, antropofágico como era — quando no corpo humano — virou a seus discípulos dizendo: *Tomai, todos, e comei: isto é o meu corpo, que será entregue por vós. Tomai, todos, e bebei: este é o meu sangue, que será derramado para todos.*

Seu plano está acontecendo, é claro. Carnal e violento, proporcional aos desejos humanos.

Ele nunca fez tanto sentido, nunca foi tão palpável.

Os mortos estão certos, deveriam ser livres.

■

Minha mente estava vidrada, não conseguia desligar. Apaguei por menos de uma hora, por exaustão. Foi quando tive aquele pesadelo com a minha mãe. Tomou conta de mim, acordei querendo me virar do avesso.

Pela manhã, Lázaro veio nos visitar. Se ofereceu para ajudar com tarefas simples, coisa que não fazia. Olhou bem para as nossas caras e disse:

— Estão precisando de um café? Não parecem ter dormido bem... Pesadelos?

Leticia estava catatônica, se abrisse a boca geraria um alvoroço ali mesmo.

Eu respondi:

— Já tomamos.

— Vocês parecem estressados, tudo bem?

— É a aproximação da chuva — A senhora da foice disse.

— Temos ciência de como nos comportar, não precisa de apreensão. — Ele tinha a voz firme.

É o tipo de pessoa que joga com você, acreditando que vai ganhar desde o início, se divertindo e alimentando o próprio ego com a megera esperança alheia. Tem pose de quem se acha, esquecendo de sua fragilidade — é uma pessoa, imperfeita.

O que se armava era quase palpável. Assim como a chuva, o vento anunciava.

Apesar da noite passada cheia de estrelas, pouco depois do meio-dia o tempo já fechava. Sabíamos que todas as manhãs na Eco Rodovia, eles separavam meticulosamente bandejas de comida, organizadas, iguais para cada um. Reforçavam, até para nós, como a primeira refeição é a mais importante do dia, e que não se deve fazer nada antes do desjejum.

Nele havia sempre um pão de milho com ovos reconstituídos, um copo de leite com café e mamão ou laranja.

Maicon encontrou na cidade o pesticida que buscávamos. E assim que chegou ontem, iniciamos testes do ponto do serviço de “horta” e de cozinha. Eu também ajudei Leticia com suas armadilhas, de cinco que funcionaram, duas tinham o que precisávamos. Ela possui certa facilidade e firmeza ao lidar com esses animais descontrolados.

Era quatro horas da tarde quando o céu começou a desabar, uma tempestade torrencial nos fez permanecer o resto do dia entocados, sem precisar de desculpas. Não consegui comer nada, mesmo gastando muita energia. Me sentia fraca, mas uma ansiedade me movia.

Alguns mortos se aproximaram, mas não chegaram a cruzar os acessos e a causar complicações. Olhei para eles nas redondezas, era muito curioso como lidavam com a água. Os animais contaminados não tinham problemas com a chuva. Já os zumbis de humanos ainda se afastam pelo desconforto. Acho que porque sempre a compreendemos como perigosa, algo contra o qual deveríamos nos proteger. Talvez os corpos não sejam tão frios.

Com o cair da noite, a chuva foi cessando, não parando totalmente. A massa de pão descansava. Levamos ao forno quando o sol nasceu, parecia apetitoso. Torcemos para que fosse rápido e letal. Mantivemos os fornos quentes. Fizemos pequenos furos em potes metálicos de armazenar comida e prendemos os animais capturados. Um rato enorme e um morcego marrom que desconhecíamos a espécie, ambos contaminados com o KM. Um sereno grosso persistia.

Maicon disse que essa noite eles não saíram, mas que as luzes que normalmente não ficam acesas estavam ligadas. Agda foi acompanhada de outros para levar nossa parte do café da manhã. Disse que estavam evitativos, não com os recursos, mas com eles. E Lázaro estava cuidadoso, analítico.

Quando voltou, eu e Leticia esperamos cinco minutos e fomos sentido aos pomares, passando por pontos cegos do único vigilante que ficava durante as refeições.

Localizamos um cantinho que dava acesso à área interna como indicava o mapeamento do meu pai, que conhecia todo o caminho elétrico do lugar porque pediu e recebeu de Lázaro um diagrama para avaliar as programações do sistema.

Liberamos os bichos ali, com muito cuidado.

Desde que iniciamos, Agda, com seu faro certeiro, e Ramos, nosso melhor atirador, ex-agente de segurança pessoal, estavam na vanguarda, atentos, dentro de uma guarita dupla. Eles se conheceram logo nos primeiros dias do apocalipse, ela o trouxe em sua perua escolar. Além de olhos treinados, ambos tinham bastante coragem. Pensamos que seria mais inteligente fazer assim, os mais capacitados nas melhores posições. Eles próprios quiseram. Nós ficamos para ver. Para poder defender nosso lugar.

■

Em quatro minutos ouvimos os disparos. Lázaro saiu debaixo da chuva, alterado. Agda o observava atentamente, mirando. Ele virou em nossa direção e deu um berro violento. Não sei o que disse, a única coisa que ouvi foi um disparo seco, alto, de cano longo. E um grito de Ramos:

— NÃO!

Eu os observava do interior, estavam logo na entrada e na cobertura, mas o tiro que ouvimos, veio de trás.

— NÃO! NÃO!

Eu vi a guarita pintada de vermelho. Um dos outros já estava dentro do nosso espaço e havia acertado Agda, que se entregou ao chão. Mas segundos depois, se levantou.

Ela tinha sangue nos olhos, transtornada. A bala estava suja, contaminada. Ela se jogou em direção ao ex-parceiro, que reagiu rápido. Eu nunca mais a vi de pé.

Ramos chorava alto. Estava agachado, não era visível.

— Que merda. Merda!

Coincidentemente, planejamos atacar no mesmo dia, logo cedo. E erramos como eles, em vigília. Talvez em alguma coçada de olho.

— Toca, toca! — gritamos para ele voltar.

— Não vou correr no aberto, não sou idiota!

Ao mesmo tempo que disse isso, Lázaro correu em direção ao armazém das zumbis. Se movimentava com muita velocidade, parecia possuído. Então meu pai, no topo da nossa fábrica, com seu rifle posicionado, acertou-o no braço. Mesmo ferido, Lázaro conseguiu chegar, e antes que saísse de vista, identificou nosso atirador, e lançou um olhar cruzado muito ofensivo.

Nossa casa não tinha janelas, espiamos por frestas que só nós conhecíamos. Tinham que entrar para nos pegar ou nos fazer sair. Dois jovens com vestimenta de proteção avançaram em alta velocidade em um carro velho, derrubando nosso portão e a porta de entrada do galpão principal, onde estávamos. Tentaram recuar ainda no automóvel. Mas Ramos, enquanto tentava não ser atingido pela pessoa dos fundos e se lastimava "Que merda, Agda, não é possível, não é possível!", conseguiu acertar o motorista e uma roda da frente, desgovernando.

O passageiro se esquivou, acuado. O veículo ficou parado há alguns metros das cabines de vigília com os dois vidros da frente quebrados. Isso foi, além de um bom ataque, uma distração para outros avançarem. Meu pai percebeu cinco homens se aproximando pelas laterais quando um deles caiu de seu esconderijo, de joelhos, nauseado, os entregando. Não sabíamos se estava em choque ou intoxicado.

Um parceiro foi ajudá-lo, saindo da cobertura, dando abertura para meu pai balear o desatento no peito. Seu amigo ficou com uma mancha vermelha cruzando o rosto, mal reagiu, acho que não estava enxergando. Pressão baixa, a visão devia estar preta. Outro o puxou pelos pés para trás da árvore.

Tive esperança. A ideia do envenenamento em massa havia sido minha. A senhora da foice, Dona Sebastiana, era quem sabia que arsênio, um composto altamente tóxico e historicamente usado como veneno, poderia ser encontrado em lojas de adubos e pesticidas, e que, em grandes quantidades, boas condições e menos de meia hora, mata qualquer ser humano.

Quem pensou na quantidade perfeita para a safra de pão daquela manhã foi Leticia, e a medida dos ingredientes ficou por conta de Nádia, que cozinha muito bem qualquer coisa que não seja carne, junto de João, que é bom demais em matemática básica.

Paramos de acompanhar o que acontecia quando o carro mirou em nossa direção, e fomos para dentro tomar cobertura, escondidos. Estava claro. O galpão inicial era bem grande, havia várias máquinas de separação enfileiradas. Elas ficam todas desativadas, o uso não é necessário. Duas foram atingidas pela batida.

Ficamos no cômodo seguinte deste, observava por um vão. Os carrascos entraram, agora eram três. Gastaram um tempo se separando e buscando pelos arredores antes de seguirem.

Quanto mais tempo ganhássemos, melhor. Nesse caminho, outro deles emitiu um barulho grotesco e alto de vômito. Em seguida uma voz masculina afetada cochichou superalto:

— Irmão, vai se foder! Eu já tô fodido! Não fode!

Depois, um som de tombo. Era um rapaz usando capacete, sua cabeça fez *tuc* quando bateu no chão.

— Que merda tá acontecendo? Por que tão passando mal? — o mesmo cara falava.

— Cala a boca, irmão, fecha a boca. Deixa eles. — responderam, todos sussuravam vigorosamente.

— Vou te deixar aqui, cara, encosta, abre os olhos, segura direito.

O menino recém-caído balbuciou alguma coisa, parecia um bêbado falando com a língua enrolada.

Olhei para a cara da Dona Sebastiana, e ela, ao mesmo tempo que tinha uma expressão sapeca, tinha olhos dissimulados, caídos, me encarava, observando o circo. Foi um pouco assustador. Fico imaginando que cara eu tinha.

Na sala em que agora estávamos, dois de nós ficaram, os irmãos João e Tião, enquanto íamos mais ao fundo. É onde ficam as misturadoras industriais. Elas mexiam uma grande quantidade de massa de uma maneira bem louca e agressiva, “sovavam”. É um espaço menor, isolado para nossa segurança no dia a dia. Essas máquinas são gigantes, demoram alguns segundos para receber energia e engatar.

Eles ativaram os botões de duas delas, aleatórias, e se esconderam armados, com silenciadores, atrás de outras. Simples. Permaneceram ali, na encolha, até que mordessem a isca. Os irmãos mataram os dois rapazes restantes nessa. Nos sinalizaram para voltar à frente. Funcionou.

João foi rondar o garoto deixado no primeiro galpão. Era um homem. Ele estava cambaleando sentado e totalmente sujo com o próprio vômito, parecia bem apagado quando chegamos. Tinha uma metralhadora pequena especial, robusta. Era Pedro, o rapaz que tinha uma loja de segurança particular com quem Lázaro conseguiu tanto armamento.

Quando João tentou pegar a arma, o inimigo a levantou e, por ser automática, distribuiu incontáveis furos à queima roupa no menino, na parede e no chão. Tião partiu alucinado para cima do cara e deu um chute na lateral de seu rosto que o fez derrubar a arma à frente, parando os tiros.

João já estava trucidado. Pedro, que estava tonto, tentou levantar os olhos e ameaçou cuspir. Antes que fizesse, Tião o puxou pelos ombros — tinham aparentemente o mesmo tamanho, mas ele o pegou como um boneco.

— Engole — falou.

O homem, obviamente, cuspiu. Era nojento, cor de bile. Tião o carregou até a máquina que havia ligado. Soltou uma mão, suspendendo-o no ar apenas com a outra, deu dois socos na boca e o ergueu até a altura da entrada da carcaça de ferro. Apesar da falta evidente de força causada pelo mal-estar, Pedro ainda se debateu um pouco, resistindo. Começou a emitir ruídos assustados.

Tião voltou a segurá-lo com as duas mãos e, no momento que quis, o empurrou contra a misturadora. Foi bizarro, o som de ossos quebrando imediatamente, os uivos de dor. E depois, quando espiei, a imagem de um corpo quebrado, contorcido, dobrado de maneiras inimagináveis. Nem os artistas plásticos mais conceituais ou primitivistas teriam desenvolvido um design tão incoerente com a anatomia humana.

A matéria orgânica não teve chance contra os movimentos repetitivos e hipnotizantes dos braços giratórios. A máquina vibrava e fazia um barulho de coisa dura batendo contra o metal incansavelmente. Ela era feita para homogeneizar quilos e quilos de massa, diversas vezes ao dia, estava em casa.

Tião encarava. Se moveu para girar o botão e mudar o sentido de horário para o anti-horário. Não foi desligada.

Nádia, que tinha se aproximado bastante de João depois que trocaram de funções, não se conformava.

Era uma chacina. Senti como se tivesse algo de errado com a gente.

Meu pai deu duas batidas no teto, e respondemos com duas batidas no chão, um combinado para dizer que estava tudo bem. Ele deu quatro batidas seguintes, sinalizando agora que tinha visto zumbis.

Com os mortos chegando, o atirador dos fundos, que acertou Agda, teve que ceder. Ele tentou se levantar, ficando finalmente visível, estava equipado com roupa da tropa de choque. Apoiou o braço na árvore que o escondia.

Parecia um boi velho, machucado, isolado, com dificuldade de andar e uma postura curvada anormal. Ele vomitou no capacete de intervenção que vestia, desses fechados com viseira, que ficou inundado. Estava na merda. Sem racionalizar, tirou o acessório com pouca força que tinha, entregando seu rosto. Era Zeco, o braço direito de Lázaro.

Ele passava a manga da blusa na cara e cuspia. Seu cabelo só não estava imundo porque não tinha. Não conseguia ficar de pé, então começou a rastejar. Meu pai o enxergava com facilidade e, com toda calma do mundo, desceu chumbo. Esses disparos soaram ocos, inquietantes. O corpo respondeu com silêncio. Estávamos fazendo barulho demais. As pancadas de chuva também.

Precisávamos tirar Ramos de lá.

— Toca, Ramos! Toca! Zumbis a caminho!

— Ainda tem o menino do carro! — Mudou de voz e falou para ele: — Você não tem saída, idiota! Vem cercando!

Esse, que derrubou nossas grades, veio subindo as mãos devagar, tremendo, desarmado. Era uma garota, usava um capacete que tapava só o topo do crânio, como o do rapaz que matou João. Ela tinha uma cara de doente, de virose. Ramos não perdoou, mal ponderamos, e ela já estava furada.

— O atrás da árvore — lembrou.

Olhamos, e ele continuava deitado, como tinha sido deixado há uns bons minutos, apenas com os pés de fora, estendidos. Não se movimentava.

— Ele não é louco. A menos que seja suicida, vai ficar quieto — Ana falou alto.

Parecia realmente desacordado.

— Atravessa, Ramos!

Pulou o vidro que tinha sido quebrado pela primeira bala e avançou, ressabiado. Quando passou ao lado do garoto, viu que realmente não estava consciente e mesmo assim, sem hesitação, atirou nele.

Enquanto nos atravessava, falou:

— Ia deixar de refeição? Que visse as próprias tripas saindo do corpo? É isso?

Ramos tinha uma postura que nunca vi antes, os ombros armados para cima, como um gnu. Seu trapézio parecia duro, como pedra. Estava totalmente sujo de sangue, segurava a chave da perua de Agda na mão. Nela, havia pendurado um chaveiro de MDF no formato de sua van escolar, grafado: "Tia Agda" e seu número de telefone na parte de trás, com a frase: "Seu filho nas mãos de quem cuida".

Agora, agrupados, pontuamos que faltavam seis pessoas, três moças e três rapazes, tirando Lázaro. Não sabíamos se os animais tinham chegado a contaminar alguém, então contamos com todos. Mesmo assim, estávamos em maioria — em relação a eles, não aos mortos, que chegavam.

Entrar mais nos encurralaria. Então deixamos nosso espaço para os zumbis se abrigarem. Consertaríamos aos poucos, quando tudo fosse resolvido. As outras salas estavam bem veladas e não tinha nada que buscariam com afinco. Era só limpar com cuidado e estratégia, que poderíamos voltar.

Meu pai desceu angustiado e anunciou:

— São muitos, em grupo, se preparem.

Ele ficou responsável, junto de Dona Sebastiana, de desvelar as grades inimigas, bloqueadas com correntes e cadeados, e de depois fechar, além de conter os mortos para que não atravessassem enquanto executávamos o plano.

— Sei que gosta da ideia de virar zumbi, Lina, mas fique comigo. Não duvide de que estamos fazendo a coisa certa. Você é corajosa como a sua mãe. Já, já nos encontramos. — Se despediu.

Saíram com a caminhonete e abriram os portões com ferramentas. Tudo estava silencioso na Eco Rodovia, eles pareciam não se mexer e não tentaram evitar nossa aproximação. Nádia ficou na fábrica, estava em torpor. Pegou alguns suprimentos e foi para o teto, onde antes meu pai estava, havia alguns guarda-sóis armados.

Leticia, Ramos e Tião, os que tinham tendências mais violentas, ficaram responsáveis pela instalação principal, onde se localizavam o restante das mulheres e dos rapazes.

Leca estava se aproximando de um estado emocional brutal. Comecei a puxar assunto:

— Será que são conhecidas?

— Algum dia podem ter sido. Não sei. Não quero pensar.

— Então não sobre elas especificamente, você acha que podem ser nossa evolução?

— São seres compulsivos, Lininha — disse com muito desgosto na voz.

— Não fale assim.

— Pelo amor, não sei como você enxerga beleza nisso.

— Você está bem?

— Perguntinha capciosa. — Ela me julgou.

— Grossa. Ainda sem medo?

— Só quero acabar logo pra poder ficar com todos os açaís do cultivo e fazer um tigelão.

— Sim...

Eu nunca gostei de açaí, mas o mundo pedia para eu comer quando estava com ela, que não usava colher, porque gostava de levar a tigela até a boca. Já a vi sujar sua regata favorita inteira sem querer. Apesar de a mancha ter ficado bonita, agora ela tinha uma nova.

Quando chegou a hora de nos dividirmos, dei boa sorte para ela. Eu, Maicon e Ana assumimos a responsabilidade de lidar com Lázaro. Entramos também de carro, atrás do meu pai e de Dona Sebastiana, dirigindo até o galpão totalmente fechado.

Era necessário abrir como fizeram com a gente. O problema era que Lázaro podia ter preparado uma grande armadilha para quando entrássemos, então precisávamos ser rápidos. Maicon estava no volante, eu e Ana descemos e ficamos uma de cada lado da entrada, preparadas. Não tinhamos roupas invocadas, a chuva nos gelava a pele.

Maicon lançou o carro contra a porta deslizante, entrando imediatamente.

A visão era de uma bela metralhadora automática apoiada no chão, bem no meio do cômodo, na frente de Lázaro.

Um massacre armado. Mas não precisávamos nem estar a postos, a sala estava pronta para o inferno, já Lázaro, não estava em condições sequer de mexer as mãos. Em cima de uma poça de dejetos humanos, ele se encontrava apagado. Desacordado sob a arma. Sua pressão tinha caído. Eu conheço queda de pressão. Ou estava morto.

Alguns segundos depois, ele se movimentou. Sua mão estava no gatilho, mas demorou para agir.

Maicon, que não parou o carro, destruiu o todo o plano e acertou seu corpo em cheio. Voltou com o veículo e sinalizou a passagem para nós duas.

Lázaro foi arremessado ao fundo, onde uma zumbi de cabelos negros e longos, a única solta de cordas, mas dentro de uma baia, se agachou, olhando por um dos furos feitos na madeira. Com dificuldade, tentou mexer a mandíbula, era evidente que desejava — não conseguiu porque estava de mordaça.

As atadas nos cercavam, agitadas, retidas, com suas articulações presas. Algumas tinham os ombros deslocados de tanto lutar contra as amarras. Três delas, inclusive a próxima do líder, tinham barrigas de grávida, pequenas, mas salientes, cheias de veias. Eu não acreditava no que via.

Lázaro se encolhia como um inseto esmagado. Além de ter sido envenenado, havia perdido muito sangue com o tiro que meu pai acertou em seu braço, e provavelmente quebrou algum osso nessa última batida. Ele tentava desembainhar sua pistola, em vão, seus movimentos eram débeis. Eu e Ana o contivemos, sem dificuldade, desarmando e amarrando-o.

Tentou falar, sua voz saía áspera, quase desfeita:

— Seu pai. Traidor de merda, eu vou matar feio você. — Sua garganta parecia esgotada.

— Tô vendo. Ele nunca foi seu amigo, era bem óbvio.

Ele piscou por longos segundos, oscilou a consciência. E lastimou, confuso:

— O plano exato...

— Tô vendo — Ana se meteu. — Se seu plano era mandar meninos com armas automáticas, saiba que não foi difícil ganhar, suas forças caem de cem a zero em segundos, não tem pensamento estratégico nenhum.

Ele vomitou muito sangue.

— Protegê-las. — Tinha a voz da minha antiga vizinha da rua, a primeira zumbi que vi, aquela velha magra.

— O que é isso? — Maicon finalmente perguntou, indignado.

— Imunes. Os bebês.

— Não é possível — Ana lamentava.

— Nosso filho... — sinalizou para uma zumbi que parecia querer bater os dentes. — Minha esposa... — Apontou para outra. — Filho do Zeco.

— Isso é doente, não é possível ter contato com resíduos de contaminados.

— Injetamos, o amor é só encapar.

— Puta que pariu. O bebê vai ser gerado por um zumbi, vai se formar literalmente de fluidos contaminados, não seria humano.

— Como ele ainda tá falando? — eu disse, estava inconformada.

— *Por que* ele ainda tá falando, Lina? — Ana me deu a deixa.

Minha vontade de matá-lo latejava, assim como com aquele homem do moicano. Bati com a coronha em seu crânio, deixando-o inconsciente de novo. Com ajuda de Maicon, tirei a mordaça da zumbi, que não facilitou, e juntos, levantamos Lázaro para dar acesso a ela.

Primeiro, alongou o pescoço, a mandíbula, todo o rosto e bateu os dentes. Em menos de dois segundos, abocanhou seu rosto, desesperada. Puxava sua pele como quem puxa um queijo muçarela derretido no misto quente. Largava e puxava outro filete. Jogamos Lázaro por cima da baia, deixando-a com seu banquete. Foi bonito de ver. Outras se debatiam, também queriam, mas não alcançavam. Resolver isso não era nossa prioridade. Elas estavam contidas, não eram ameaças ativas.

Nosso trabalho tinha sido mais simples do que imaginamos. Poderia ter sido impossível.

Enquanto estávamos nessa função, ouvimos alguns tiros do lado de fora. Saímos os três e, na ida até a ala principal, ouvimos um grito de Lázaro rasgar a chuva, devia ter retomado a consciência por mais alguns segundos. Não tenho como dizer que não foi duro na queda.

Acenei para o meu pai, que matava alguns zumbis no portão, ele acenou de volta. Não paravam de chegar mais.

Continuamos correndo. Passei por Dona Sebastiana, que estava na frente de uma cerca baixa, fatiando os zumbis com sua foice longa.

■

A porta de entrada estava aberta, e não havia ninguém ali. Tiros vinham mais ao fundo. Entramos sorrateiros, mas rapidamente, seguindo os sons. Chegando no refeitório, logo na entrada, o corpo de Tião, esbranquiçado, jazia.

A batalha de Ramos e Leticia contra os três soldados restantes, persistia. Os homens se posicionavam atrás da ilha da cozinha, maciça, protegidos por capacetes parecidos com o de Zeco. Enquanto os dois só tinham as mesas finas de aço ao alcance. Estavam separados, quase inertes, se protegendo.

Imediatamente, Ana e Maicon abriram fogo cruzado para cobrir a dupla. Quando Leticia, num ato corajoso, foi devolver um pouco.

Ao mesmo tempo que deu um disparo certeiro no capacete do soldado do centro, tomou dele um tiro de raspão em seu ombro, exposto pela regata nova que amava.

Eu a olhei nos olhos, porque senti que estavam procurando pelos meus. Só reparei o que acontecia segundos depois, quando os vi mudarem de cor, fixados em mim.

Ela partiu para cima de Ramos, que estava a algumas mesas. Leticia o pegou pelos ombros com uma força descomunal e o golpeou contra o chão, deixando-o desnorteado. Rasgou sua camisa e fez seu primeiro som gutural. Tinha uma voz um pouco diferente, mais ácida. Dilacerou sua barriga e enfiou as mãos pelas entranhas de Ramos, levantando-as para saborear, como fazia com tigelas de açaí. Levou as tripas até o nível de sua testa e virou na boca, deixando cair por toda a roupa. Devorando.

Para mim, nesse momento, Leticia era como uma criança que se suja por amar o que está comendo. Foi de uma beleza, de uma honestidade absurda. Não conseguiria suportar viver uma vida sem estar ao lado dela.

Não me mexi, queria que viesse em minha direção.

Mas Ramos, heroicamente, nos seus últimos segundos, impulsionados pela adrenalina, com suas tripas de fora, deu misericórdia a Leticia, no meio de sua nuca. Eu vi a bala saindo pelo seu olho direito. Depois ele abriu bem a mandíbula, com a pior cara de dor que já vi, encaixou a arma no céu da boca e atirou na própria cabeça. Tudo na minha frente.

Maicon e Ana, do outro lado, até esse momento, só tiveram olhos para os outros dois soldados, que derrubaram logo em seguida. A posição que escolheram era muito boa e seus tiros foram precisos. Todos tinham caído.

Eu senti um sono assumir meu corpo. E pelo resto da noite, me vi jogarem de um lado para o outro. Meu pai e Ana totalmente desamparados. Nossa fábrica infestada de mortos. O céu em movimento. E a chuva sempre caindo, serena, me gelando.

Agora estou em um lugar que não conheço.

Entre o sagrado e o sono.

SANGUE FRIO

Uma garota jovem andava sozinha pela rua, voltando para casa a pé após um jantar que deveria ter sido um encontro, mas terminou em nós na garganta.

Trazia uma ausência clara nos olhos. Passava doze horas por dia trabalhando e recebendo salário de estágio como advogada. Tinha jeito de quem estava cumprindo horário.

Se via atravessando avenidas sem olhar para os lados, usando fones altos no trânsito, bebendo mais do que aguentava e andando sozinha por vielas escuras. Negligenciando a si, propositalmente, desencantada.

Eram três da manhã, numa cidade grande. Pelo reflexo de uma vitrine na calçada, ela notou, mesmo alterada, um transeunte do outro lado da rua. Depois de passar por ela, ele se virou e começou a seguir o mesmo caminho. Ela apertou o passo e vestiu o capuz do seu moletom. Não temia o fim, mas o que poderia acontecer antes disso. Seu seguidor a acompanhou, bem mais rápido do que ela, naturalmente. Sem duvidar de si, ele atravessou o instante como se fosse seu. E num segundo, a alcançou.

Num momento ele era apenas um vulto, no outro, tinha forma, toque, e prendeu seus braços com um agarrão. Ela mal teve tempo de pegar fôlego, e ele deu o bote, cravando os dentes em sua jugular com a perfeição de quem faz isso há uma vida. A orelha do homem tinha ficado na altura de seus lábios. Ela, instintivamente, revidou na mesma moeda. Abocanhou com toda força que tinha, arrancando um bom pedaço.

Ele recuou com uma cara ultrajada e levemente irritada.

— Você também? Não. Seu sangue é nojento e quente demais.

Ela saiu correndo.

— Socorro! Ajuda! — gritava.

Ele não teve problemas em aparecer em sua frente novamente. E regenerar a peça faltante que lhe foi arrancada.

A garota brecou. Não acreditava no que acontecia. Seus olhos estavam arregalados, e as sobrancelhas fechadas. Estava perturbada.

Tentou novamente desviar. Ele ficou impaciente. Prendeu a garota pelos braços novamente, prensando seus ombros contra seu tronco com força.

— Garota... Você não é dos nossos. Mas que dentes bons você tem.

Ela se contorcia tentando se libertar, com o líquido vermelho escorrendo pelo pescoço. Era em vão.

— Se não terminarmos isso vai ser pior.

— Como poderia?

— Vai continuar humana por umas horas, se for forte, mas com desejo por sangue da espécie. Em menos de um dia vai sentir muita fraqueza e definhar em condições bem miseráveis — ele explicou passivamente.

— Você me passou doença venérea?

— Não, garota.

— Que brincadeira de pervertido é essa? Leva minha bolsa, não tem nada de valor, sinto muito.

— Vamos lá, não está difícil.

Ele sorriu com os dentes agudos debaixo da luz fraca de um poste.

— Não é possível. Coma alcoólico de tequila de novo, com certeza. — Ela achou que delirava. Começou a rir.

Sua mente rejeitava o que os olhos viam, acreditou que sua razão brincava consigo.

— Era isso a coisa desprezível no seu sangue. Francamente, não pretendo continuar. Já bebi sangue ruim, mas esse está repulsivo. Você vai morrer de maneira bem lamentável. A menos que queira virar um de nós.

— Chacota. Estou sonhando. Isso com certeza é uma metáfora do meu inconsciente.

— Interessante. Mas não tem tempo pra muita cerimônia. — Fez uma pausa. — Você tem uma mordida boa e é rápida pra um ser humano, tem potencial. Seu rosto também é lindo.

— Que delírio sem sentido. — Ela balançava a cabeça em negação — Eu nunca nem gostei de vampiro pra estar pirando nis...

Ela se interrompeu. Fez um rosto de preocupação e colocou a mão na barriga. Arrotou e sentiu gosto de ferro na boca. Começou a ter aspirações hematófagas. O homem percebia.

— Certo, garota-dos-sonhos-lúcidos, os minutos estão correndo. Gostaria de experimentar outro lado?

— Mal dou conta desse.

— Esse vai acabar. Você está se quer me ouvindo?

— Tô sim. Minhas opções aqui são apodrecer com fome de sangue, porque eu era sua presa e você desprezou minha tequila, ou ir pro "outro lado"?

— Isso. Mas nas duas você vai morrer, infelizmente. Pra se transformar precisa ser mordida, consumir o sangue de um de nós, partir e voltar. — Ele assumiu uma pose persuasiva e falou com em tom insinuante — Aqui, apesar das condições, pulsa. Tudo é aumentado. Mais intenso.

— Claro. Entre morrer e morrer, vou escolher morrer.

Eles se divertiam como se fossem conhecidos.

— Quando eu te soltar, não corra. Vou ter que te colocar numa posição meio desconfortável. Vai ter um *creck* bem alto. Vou quebrar seu pescoço pra ser rápido, e você, assim que retornar, precisa colocá-lo no lugar de volta rápido. Tem esse sangue frio? Já aviso, vai doer. Não sei quanto... Talvez pouco pela quantidade de tequila que tomou.

Era absurdo demais para ter qualquer cabimento. A garota, pela impossibilidade, se deixou levar.

— Claro, sempre faço esse tipo de coisa.

Ele riu, foi arrepiante.

— Qual seu nome? — perguntou enquanto se posicionava.

— Érica, e o seu?

— Vlad.

— Clichê. — Agia como se pudesse controlar seus arredores.

— Bruno então, prazer — ele respondeu, tentando ter carisma, mas novamente apresentou presas infinitas enfileiradas, nada simpático.

Mesmo assim, Érica lidava naturalmente com a aparência dele. Reconhecia-o como parte orgânica da nova realidade.

— Melhor. Prazer, Bruno. Não vou correr, pode quebrar meu pescoço.

Ele a soltou, ela permaneceu, encarando-o. Quis experienciar aquela violência. Ele a observava com muita curiosidade, era intrigante.

— Deixa o pescoço mole — disse, enquanto segurava sua cabeça e balançava levemente para estimulá-la a soltar.

Érica relaxou o máximo que conseguiu. Ele a contornou, passando a mão pelo líquido de seu pescoço, deixando parecer um colar curto e vermelho. Quando em suas costas, posicionou uma mão no topo de seu crânio e a outra no queixo.

— Respira fundo, quando soltar, vou torcer.

Ela fechou os olhos, inspirou. Pensou em como estava sendo corajosa, mesmo que em seu imaginário, e gostou. Sentiu sua barriga se mexer novamente, como se pedisse por algo que tem em si, ardia um pouco. Soltou o ar com calma e, quando esvaziou o pulmão, pôde ouvir um estalar grotesco, sentir sua cabeça sendo virada e seu corpo desmoronando.

A realidade se consumiu em vinheta.

■

Despertou na mesma rua, segundos depois. Bruno suspendia sua cabeça mole. Quando abriu os olhos, fez uma cara ultrajada de dor. Ele imediatamente apoiou sua espinha cervical e falou:

— Vamos, regenera. Pensa que quer colocar no lugar, tem que fazer aquele barulho de novo.

Érica, disciplinada, começou a simplesmente mandar ordens com o cérebro para o resto do corpo como uma ficção que escrevia. Encaixou o pescoço com suas próprias mãos e um pouco de auxílio de Bruno, na mesma posição de antes, repetindo o som grosseiro.

Conseguia novamente respirar e se movimentar. Aos poucos a dor foi cessando. Não sentia sono como a minutos atrás, mas ainda estava entorpecida.

— Quer passear pela noite sem medo, garota?

— Quero. Como eu fiquei?

— No momento? Tem cor de leite azedo. Continua bonita, esses seus olhos grandes vão ficar magníficos, já são um pouco avermelhados.

— Vão?

— Vão, vamos ver? Coloca o capuz de volta.

Seguiram por dentro de becos escuros, procurando uma vítima.

— Pessoas têm gostos diferentes, mulheres são sempre mais doces, moradores de rua normalmente têm um gosto forte, crianças têm algumas nuances, mas são mais difíceis de se aproximar. Prato de sorte.

— Eu consigo me olhar no espelho?

— Consegue, isso é mentira.

— E andar no sol?

— Sim, mas é ruim.

— E morrer?

— Consegue, mas tem que ter arranjado bastante problema pra isso.

— Com quem?

— Policiais num geral. Tem alguns que são especializados.

— Piada.

— Eu falo sério, garota. Além disso, agora cachorros não vão mais gostar de você. E tem algumas entidades sombrias concorrentes que tentam dominar a Terra com bem mais afinco que nós, mas não costumam mexer com a gente se não nos metermos no caminho deles.

— Nem meu próprio cachorro?

— De que raça ele é?

— É um poodle grande.

— Ah, não, realmente, ele vai te odiar. Se fosse um pastor ou collie...

— Fala sério?

— Não, independente da raça ele te odiaria.

Érica sentiu cheiro de sangue pela primeira vez.

— Opa!

Ela observou as veias saltando em suas mãos. Ao levantar as mangas, as viu subindo pela blusa, pulsantes. Outras desciam para os dedos, suas unhas começaram a rasgar a pele, cortantes. Ao mesmo tempo que seus dentes despontaram da gengiva, crescendo. A erupção dos dentes doeu muito. Em vez de ter levado meses, como em crianças, foi em segundos. Sua boca pingava o próprio sangue.

— Manda regenerar — Bruno falou.

Érica mal precisou pensar. Já se reparava. Sua atenção estava em outro lugar.

— É gostoso demais. — Levantava a cabeça.

— Também nunca me canso do cheiro.

Nesse instante, sua vista mudou, enxergava tudo mais quente e vibrante. Bruno balançou a cabeça e teria feito uma boca invertida de respeito se não estivesse com os dentes gigantes impossibilitando-o.

— Espetáculo — ele falou, mostrando os braços com os poros eriçados, estava arrepiado, mas não tinha pelos.

— Tem um espelho aí?

— Você não tem na sua bolsa?

— Verdade, tenho.

Érica tirou um pó compacto e, quando abriu, um espelhinho sujo de maquiagem se mostrou. Limpou com o dedo e reparou que sua íris tomava mais conta do olho do que as escleras, mas que no momento uma midríase dominava sua extensão, deixando seu olho preto na maior parte, com um contorno fino cor Laca de Garança escuro, cercado por finos cantos brancos. Se assustou com sua imagem. Mas, para ela, era de mentira, então gostou.

— Vamos.

Eles avistaram um casal caminhando de mãos dadas. Ele deixou Érica ficar com a mulher. Ela, depois de sua primeira mordida, falou:

— Fantástico. Que delícia. Minha nossa...

Cada gole era uma espiral de calor que a invadia por dentro. Uma obscena ressurreição. Chorava enquanto bebia, não de tristeza. Molhada, sorrindo e faminta.

■

Quando amanhecia, passou pela casa de Bruno para se lavar em uma banheira, imunda. E voltou para casa. Tocou a campainha, seu pai abriu.

— O que é isso, filhote? Tem que avisar quando vai ficar até cedo no trabalho. Passou a noite no tribunal?

— Posso entrar?

— Claro, entre. — Ele a deu espaço. — Cadê sua chave?

— Perdi... Preciso dormir.

— Você está pálida como sua avó. Quer tomar café?

— Não, estou cheia. Preciso de cama.

— Que cheiro forte, filhote.

— Tribunal, pai.

Seu poodle grande, Duke, veio do andar de cima em disparada, latindo. Avançou nela.

— O que é isso, Duke?! Comporte-se. — O pai o puxou pela coleira.

— Devo estar com cheiro de morte.

— Para de agir estranho, Duke, é a Érica — o pai repreendia.

A mãe estava de pé na cozinha, arrumada como sempre, com os óculos na ponta do nariz e segurando uma xícara. Observou Érica da cabeça aos pés. A menina foi subindo as escadas. Estava realmente exausta, tinha tido uma noite compulsiva.

Sua mãe a seguiu.

— Não vai tirar o sapato? Vai deitar suja assim? — Já tomei banho. — Banho onde? Esse cheiro que você trouxe não é de sabonete.

Érica não respondeu. Jogou-se na cama. A mãe permaneceu no batente.

— Quando eu era nova também sumia e voltava muda. Achava que ninguém percebia. Se for algum garoto, você já tem idade pra isso, mas deve nos contar.

Érica continuou sem palavras, aninhando-se nas cobertas. A mãe se aproximou da cama, alisou o lençol ao lado do corpo da filha sem tocá-la e, depois de bufar, saiu.

Érica, desde sempre, recebia afeto de seus pais apenas depois de performances. Sua aprovação se devia ao quão boas suas notas eram e o quão fácil de lidar ela estava sendo. Quando se ralava, sua mãe limpava, fazendo uma força desnecessária, arrancando ainda mais sua pele, e dizia:

— Tá vendo o que você fez com você?

A menina não entendia por que certas coisas eram negativas e mal sabia classificar o que lhe acontecia. Comia pratos que não gostava, porque a mãe argumentava:

— Você nunca aprendeu o que é fome. Na minha infância eu comia pão de refeição e uma colher de açúcar como sobremesa. Devia agradecer.

Érica assentia com a cabeça.

— Me agradeça.

— Obrigada... — Não assim. Agradece *de verdade*.

— Obrigada — ela dizia, olhando nos olhos da mãe.

A forma com que seu pai habitava o entorno evidenciava a lógica anestesiada e disfuncional daquelas relações, sempre muito obediente, também à mãe.

Érica tinha treze anos, quando um menino, um pouco mais velho e popular, olhou para ela. Ele foi seu primeiro namoradinho, seu primeiro beijo. Quando contou aos seus pais, eles proibiram que continuasse. Então os dois se encontravam apenas na escola, escondidos, num impulso da juventude, influenciada.

Depois de alguns meses, ele a pediu uma foto íntima. Ela ouviu, repetidas vezes, que todas as outras garotas, incluindo parceiras de seus amigos, faziam isso, que era normal, coisa de namorados. E que, se não mandasse, significava que não se importava tanto quanto ele, que a dava bombons e flores de jardim. Por conta disso, teriam que terminar. Para que ele encontrasse alguém que o amasse e confiasse *de verdade*.

Assim, Érica fez, sem se sentir à vontade, mas da melhor maneira que conseguiu. Precisava ser grata.

Ainda não tinha o corpo desenvolvido, menstruara a primeira vez havia poucos meses, foi a última entre suas amigas. Então se espremeu ao máximo para parecer com uma imagem que, pensava ela, um adolescente gostaria. Achou que se entregasse o corpo, ele buscaria pelo resto e que seria vista, olhada com intenção.

Érica se sentiu assim por alguns dias. E no fim daquela semana, ele contou que pegaram seu celular sem que visse. Logo, a imagem correu entre seus colegas, depois por toda a escola, até chegar em seus pais.

Quando chegou em casa, sua mãe não a recebeu com almoço e chorava alto no quarto. Antes que pudesse perguntar o que aconteceu, percebeu. Seu pai esperava em pé na frente de seu quarto, olhou para ela como se visse outra pessoa. Engoliu em seco e disse:

— Quando foi que filha minha virou vagabunda?

Érica não se mexia, como um animal indefeso tentando não ser abatido.

— Você não tem vergonha?

Abriu a boca tentando dizer "sim".

— Quieta! — o pai a interrompeu. — Não teria feito se tivesse. A gente sempre te deu tudo, e você está acabando com essa família. Não tem dó? — Ele tentava ter a voz firme. — O que será do nosso, do seu futuro?

Ela mal respirava.

— Onde foi que a gente errou? Me dá nojo te olhar e lembrar. — Tomou alguns segundos e continuou: — Entra no quarto.

Ela parecia pregada no chão. Sentia o peso de um monstro.

— Passa.

Suava frio, seu coração batia no pescoço. Respondeu caminhando, fadada. Mal passou pela cabeça correr, merecia. O corpo do pai estava rígido, as mãos tremiam.

Pensou ser de raiva. Ele entrou atrás. Não discutiram. Foi tratada como o erro que acreditou ser.

A mãe parou de chorar e passou a ouvir do andar de cima as estaladas seguidas. Érica não sabe, mas ela quem tinha dado a ordem:

— Você tem que colocar limites. Não podemos a deixar tirar nossa paz assim. Se não fizer nada, nunca vamos ter respeito. Eu não queria, ela causou. Não é a menina doce que criamos. Me fere mais do que vai doer nela. Traga nossa filha de volta...

Quando o pai saiu, abatido, fechou a porta atrás de si.

A menina não se aguentava de pé, desabou na cama. Chorava como nunca e, depois de alguns minutos, ouviu um grito da mãe:

— Chora mais baixo. Nos deixe pelo menos distrair com a televisão. — Tinha a voz cansada.

Érica não conseguia, estava tendo uma crise de pânico. Então ficou se sufocando contra a almofada tentando conter o som, deixando tudo encharcado de lágrimas. A primeira vez que morreu foi ali. Na sua mente, nunca mais teve futuro.

No dia seguinte, foi acordada para ir à escola com a porta abrindo bruscamente e batendo contra a parede. Seu rosto estava deformado de tão inchado, foi forçada a se levantar e a encarar sua vergonha, dia após dia.

Persistia uma falta de toque e fala entre eles, o silêncio era violentíssimo e ocupou a casa inteira por meses, interrompido por ordens ditas sem tato algum.

A menina e o pai sempre tinham o olhar baixo, os corpos ausentes na mesma sala, como sombras uma da outra. Deixaram de chamá-la pelo apelido. O "filhote" deles não faria o que ela fez.

Com o passar dos anos, o nome carinhoso voltou a escapar entre refeições e perguntas casuais. Não houve conversa, nem retratação. Só esse gesto torto.

O rosto dela mudou. Seu corpo também. E depois de verem a falta de verdadeiro impacto disso na vida de todos, com o desejo da filha de ser novamente aprovada e querida, e a realidade incomunicável dos pais, que acreditam que suas ações são justas e nunca tão ruins como parecem, começaram a se reaproximar.

A cada ano, Érica ouvia mais alto dentro de si que sua natureza não era o que pintava, aquela coisa ilustre que seus pais amariam era uma farsa real — e suas relações também. Sorria só com a boca, e o resto do corpo permanecia parado. Sua vida era processada sem apetite, mastigava rápido e engolia seco.

■

Quando acordou, Érica tinha pouquíssima memória, achou que os fragmentos de imagens não passavam de um pesadelo vívido. Mas ao olhar seu celular, encontrou vários vídeos da noite passada. Ainda assim, continuou desconectada. Acreditou continuar naquele mundo onírico e ficcional, num despertar falso em espiral.

Pensando que ela poderia ser o que quisesse, sentiu liberdade para tentar compartilhar com seus pais sua nova condição. A família ficou perturbada. Acusaram Érica de estar usando entorpecentes, de estar louca.

— Isso é um sonho! Nada está acontecendo! Por que vocês não podem uma vez ficar felizes por mim? Falem "Uau, você está se divertindo, filhote, que legal!". Falem! — Tentava se controlar.

O cão estrebuchava no cercado onde havia sido colocado por seu mal comportamento.

— Quieto, Duke!

— Você está tendo um surto. O tribunal te estressou demais, vamos pro hospital — falou o pai.

— "Você deve estar doente de tribunal, vamos pro hospital", ótima ideia! — ela gritava.

— Rosana, amor, pegue o carro. Olhe, está branca igual leite. Anêmica.

Érica ainda não tinha controle total de sua transformação e, pelas fortes emoções, se manifestou. Eles ficaram verdadeiramente apavorados.

Sua boca pingava o próprio sangue, ela tentou conter com as mãos antes que gotas caíssem e sujassem o chão, mas algumas escaparam. Cobriu o rosto com suas palmas, numa pose de criança envergonhada, e regenerou rapidamente.

— Não é nosso filhote. Coisa maldita! Isso é um pesadelo! Chame a polícia, Rosana. Chame o Cardeal Renato. O que você fez com a nossa filha?

— Eu sabia, eu sabia que não era nosso filhote!

Eles a olhavam horrorizados, tomando cada vez mais distância. Seu pai pegou um rodo, estava verdadeiramente agressivo. Duke derrubou o cercado, louco, e saiu em sua direção. Érica fugiu pela porta de entrada. Finalmente saiu daquela casa.

Sentia, como sempre, remorso e mágoa. Mas nesse cenário, ela desenhava a própria história. Não tinha importância. Ela podia decepcioná-los. Então, os deixou para trás, sem se despedir, como quem vai voltar para os mesmos braços ao acordar.

Para ela, sonhos às vezes também eram assim, fazem o que querem, não obedecem, nem agradam completamente. O inconsciente é livre.

Pensou em negociar os turnos de seu trabalho, mas não quis dar satisfação alguma. Érica estava entregue. Existindo sem culpa, assistia ao seu próprio mundo.

■

Os olhos amendoados de Bruno traziam ecos de séculos distantes. Nascido no oriente e transformado durante uma onda vampírica, foi um dos únicos a não sucumbir à caça coordenada por policiais da época.

Érica o viu sem estar transformado e gostou. Ela ficou onde ele jazia, na casa que tinha passado pra tomar banho. Um lugar bem velho, com mobílias de estofados laranja e cortinas nas janelas, num quarteirão praticamente inteiro de moradias desocupadas. Ela pegou um quarto grande. A cama era coberta por um mosquiteiro que pendia, cinza escuro de tanto pó acumulado, o que não era problema, vampiros não têm fragilidades humanas, como rinite. Acabava trazendo um clima enevoado interessante.

Quando acordou, já era noite. Bruno esperava sentado num canto do cômodo de maneira assustadora, propositalmente. Ela piscou duro algumas vezes, reconhecendo novamente aquela vida.

Ele se divertia atendendo suas ordens de sonho lúcido. E ela o ouvia quando dizia que humanos eram mais parasitas que eles, que quanto mais morressem, mais o mundo estaria a salvo. Ele contou que ela não foi sua primeira cria, claro. Mas que nunca fizera com alguém apenas por diversão, como com ela.

No centro da construção havia um jardim coberto por uma cúpula de vidro, onde uma diversidade de plantas crescia. Érica não conseguia acessá-lo sozinha, a menos que Bruno pedisse. Em uma manhã que não descansou, porque estava de cabeça cheia, percebeu coelhos ali, inúmeros. Mal conseguia contar. Eles correram um pouco, interagindo entre si, e depois se esconderam em um buraco na parede. Quando perguntou para Bruno, ele disse que não havia coelho nenhum, que ela tinha sonhado. Observaram juntos o lugar e nenhum estava lá, assim como o buraco que vira. Ela tinha a impressão recorrente de ver alguns desses animais pelos cantos da casa, mas sempre que seguia, não os encontrava. Eram como rastros espectrais.

O quarto de Bruno sempre ficava fechado, ela respeitava. Às vezes ele a pedia para se alimentar sozinha, enquanto ficava trancado lá dentro. E Érica sentia como se seus movimentos fossem de uma marionete, conduzida por um maestro exímio dançando no vazio.

Quando estava sonolenta ou piscava rápido demais, achava que acordaria entre os lençóis embolados no quarto de sua casa.

Dentro desse lugar que pensava ser um pesadelo experimental, ela se permitia realizar o que sua mente criava, sem amarras. E a possibilidade do fim repentino a motivava a tentar de tudo, diferente da vida anterior. Estava reprogramada, havia alterado seu estado pela mudança da matriz principal. Bruno algumas vezes tentou esclarecer que ele existia independentemente dela, inclusive desde muito antes de conhecê-la, e que achava que estava acordada.

Apesar disso, Érica ainda acreditava que havia caído em alguma esquina de sua mente, permitindo-a viver. Ela não era controlada a escolher entre isso ou aquilo, apenas a traçar seu caminho soberano.

Isso a levou a cometer todo tipo de atrocidade imaginável. Érica idealizou um esquema de emboscada para vítimas, e logo, ela e Bruno colocaram em prática.

Entraram em um aplicativo de relacionamento como um casal poligâmico. Mantiveram anonimato, usando apenas fotos sensuais de partes do corpo juntos, com a seguinte descrição:

Nem tudo que é valioso deve se revelar de cara. Discrição total. Buscamos pessoas abertas para encontros eróticos nada convencionais. Curiosos são bem-vindos.

O que funcionou muito bem.

Érica, desde muito jovem, praticava o ato de mentir com os olhos sinceros até que se tornasse natural.

Eles conversavam sempre com mensagens temporárias e os atraiam para a vizinhança deserta. Conseguiam alguns encontros por semana, em grupos ou individuais. Cultivaram hábitos que agradavam a ambos. Na banheira manchada daquela casa de décadas atrás, em dias mais amargos, de crueldade seca e rotineira, ocupados pelo tédio da eternidade, costumavam cortar as gargantas de homens e deixá-los pingando. Preenchiam o restante do recipiente com um pouco de água e leite de papoula, vindo do jardim invernal. A flor desse fruto, depois de murchar, dá lugar a uma estrutura arredondada na qual as sementes ficam. É essa cápsula que solta a seiva conhecida como ópio, que expande o sangue quando misturados, deixando uma textura espessa. Eles se emergiam por completo, ficando totalmente pintados de vermelho.

Esse banho causava em Érica e Bruno euforia e alucinações, seguida de uma forte sedação. Depois desses eventos, dormiam por dias.

Quanto às mulheres, usufruíam da composição corporal com deleite. Um mordia no pescoço e o outro, no coração. Revezavam por vítima. Depois, abriam à unhadas as que tinham a iguaria que é: o útero. O endométrio era como um néctar da vida para eles.

Em dias mais desacreditados e lúgubres, quando o acúmulo de traumas se manifestava, predavam crianças, também pela internet, através de fóruns obscuros e comunidades de fãs de vampiro. Elas tinham mais sabor e uma textura aveludada. Por isso, comiam suas carnes boas e recompensantes, não saindo impunes.

O único vizinho restante da rua, um senhor solitário com casa própria, antigo no perímetro, caçador licenciado de animais silvestres, achava que tinha visto o suficiente nas últimas semanas para denunciar um crime. Mas ninguém se comprometeu com sua acusação sem provas. Por isso, rondou o imóvel em busca da visão interna. Era impossível enxergar qualquer coisa por entre os tecidos pendurados nas janelas. Então, ele pegou uma de suas armas, seu celular, começou a gravar discretamente e bateu na porta, que era enorme e maciça.

— Vizinho?

Estava aberta. Um vento, que não correu, a empurrou, pesada, abrindo. Impraticável.

O interior estava detonado, como uma casa de viciados. As paredes imundas, um cheiro lascivo, fétido. Corpos literalmente despejados pelo chão, mordidos diversas vezes, haviam alimentado outros corpos, Érica e Bruno.

Cortinas pesadas e podres tapavam qualquer resquício de circulação de ar. Um proto-techno tocava abafado no andar de cima. A repetição era hipnótica.

O senhor ouviu uma voz doce e familiar proferir seu nome. Deu um passo à frente. Talvez aquelas pessoas estivessem letárgicas, não mortas. Foi quando teve a sensação de reconhecer uma das figuras raquíticas despejadas que estava com uma expressão de grito mudo, mas não tinha certeza quem era. Deu mais um passo, dessa vez atravessando a porta. E soube que nada ali se movia há tempos. Tudo estava seco. Eram restos, carcaças. Impossível ter ouvido o que ouviu, e certamente, não conhecia o corpo que olhava. Sentiu que ia morrer. Quando percebeu, a porta atrás de si estava prestes a bater. Ele a impediu com o pé, que foi prensado, ficando com fraturas nos dedos, tão pequenas que nem eram engessáveis. Mas segurou um vão.

Voltou para fora e custou conseguir respirar. A mudança de ambiente foi abrupta demais. Correu mancando até a delegacia, indo falar pessoalmente dessa vez. Viveu assombrado por esse dia, por vestígios de almas presas, que continuaram seguindo-o, pedindo por ajuda.

E pelo próprio pé, que nunca se recuperou dos mini-ossos quebrados.

Com aquele registro, a polícia foi atrás no mesmo instante, identificando todos os jovens e crianças desaparecidos. Érica escapou, Bruno também, mas ele foi visto, e marcado por um policial.

Passaram a semana tendo dias difíceis. Conforme a poeira foi baixando, eles voltaram a ser vultos em movimento na multidão da metrópole. Tinham mudado de aparência, descolorido os cabelos pretos. Não era a primeira vez que Bruno começava de novo, então subestimou os riscos, embriagado pelo gosto juvenil da violência solta.

Nunca foi de fugir, sua espécie é predadora. Se sentia acima do perigo, logo, continuou cumprindo o necessário para sobreviver plenamente. O que gerou um deslize. Eles passaram a ficar em hotéis do centro da cidade, se mudando a cada dois ou três dias.

As unhas de Bruno, de repente, começaram a crescer mais do que o normal, e seus olhos não descansavam. Ele pressentiu, como um eco antigo, a chegada de uma ameaça.

Enviou Érica, que não era tão treinada e sensível a ponto de ter presságios físicos, para buscar um objeto nos fundos da antiga casa, e ela foi. Por viver dissociada do presente, era imprudente demais deixá-la próxima de um perigo real, que ele intuía se aproximar.

■

Ao voltar para o hotel, Érica subiu até o terceiro andar, onde dormia com Bruno. E foi recebida com a cena de uma maca sendo empurrada por agentes da polícia federal para fora do seu quarto, com um corpo inerte e empacotado.

No instante que passou na frente da porta, olhou para dentro do cômodo e viu um facão no chão, imundo, com um homem enorme, autoritário, de costas, cobrindo com um pano, naquele exato instante, a cabeça solta de Bruno, com seus cabelos oxigenados e os dentes trincados. Ele tinha uma expressão congelada e desamparada.

O restante do pescoço que ficou ali, derramava jatos de sangue, irregenerável. Segurando o choro e a transformação, Érica atravessou o corredor sem parar, nos mesmos passos que entrou, como se fosse a outro lugar. Virou no final, saindo da visão dos homens e fugiu pela escada de emergência.

PM

Bruno era seu elo, mestre, amante e cúmplice. Foi a âncora daquele pesadelo que curtia. Desde o primeiro instante que não o tinha mais, sentiu culpa e solidão extremas. Ainda não queria acabar. Não podia perdê-lo. Então recorreu a uma mulher, a quem Bruno confiava há décadas e que já havia apresentado para ela. Uma alquimista sem nome.

Suas unhas estavam sempre manchadas com esmalte vermelho, e os cantos de seus dedos eram queimados por reagentes. Tinha um metro e oitenta, a estrutura óssea do rosto bem marcada, cheiro de vinagre com canela queimada, e andava como quem conhece o chão que pisa. Se localizava numa zona marginal, tinha domínio total sobre seu território e cobrava caro por seus trabalhos.

Assim que Érica entrou, a alquimista trancou a porta por dentro com duas chaves. Ficou muito surpresa quando soube do que aconteceu com Bruno. E preocupada com essa figura porca que havia dado fim nele. Pediu por todas as características físicas do policial e afirmou que tinha grande força para ter feito isso. Apesar de não ser disciplinado, Bruno possuía uma resistência impressionante. Era respeitado entre os que conheciam sua camada.

— Me ajude a trazer ele de volta. Eu sei que há uma forma.

— É arrogância tentar dominar a morte, Érica.

— Eu não tenho nada a perder.

— Se não tem nada a perder, nem tente.

— Como assim?

— Pra trazer o que ama de volta sempre precisa abrir mão de outra coisa de mesmo valor.

— Pode ser do mundo real?

— Esse é o mundo real, filhote.

Quando Érica ouviu esse apelido, entendeu que a alquimista quis dizer: "Sim, pode usar seus pais". Mas a mulher tentou mostrar que estava no mesmo lugar que sempre esteve, não em um sonho.

— E mais o quê? — A garota anotava no celular.

— Isso é um tabu, Érica. Ninguém nunca conseguiu. Fomos proibidos de tentar. — Fez silêncio, depois continuou: — Você viu o Bruno? — Sua voz soou abalada.

Ela contou como o viu pela última vez, em partes, e com um olhar desamparado.

— Desamparado você disse? — Olhou para baixo, neurótica. — É impossível conseguir isso de volta.

— Precisava do corpo, então?

— Da química dele pelo menos.

— Então eu, como fui uma cria dele, posso só contaminar alguém e usamos o corpo dessa pessoa, não? São da mesma espécie.

— Usamos? Eu não vou me comprometer a cometer um tabu, Érica. Você também não deveria.

Ela continuou o que estava dizendo, ignorando as advertências:

— Se eu usar alguém que amo, já estou dando a oferenda e os materiais, certo?

— Ainda não é o bastante.

— Difícil.

— Sim, é um ritual de ressurreição, Érica.

— Dizer a alguém sobre isso também é um tabu?

— Não.

— Então me diga! Sei que também quer ele de volta, te conseguia quase tudo.

— Não é por isso que eu gostava dele.

— Era pelo que então?

— Você não tem ideia. Quantos anos tem mesmo?

— Vinte e cinco.

A mulher riu, realmente achava engraçado estar falando com uma pessoa tão mais jovem.

— Nós existimos há muito antes de você, e de qualquer carro também. Não consigo pensar sobre muitas coisas boas a respeito dele. Mas consigo pensar em diversas características fortes que eu gostava... — O clima estava incômodo. — Precisava de algo, uma parte pelo menos, original.

— Pode ser antigo? — Érica respondeu rápido.

— Como o quê?

— Como o umbigo dele.

— O primeiro umbigo, você diz?

— Sim. O de Bruno é quase um nada. — A garota tirou uma caixa antiga com alguns objetos pessoais de Bruno.

Havia um broche de sapo feito de tecido, que seu pai encontrou no chão e lhe deu quando ele era criança; fotos ao longo de sua jornada — uma delas de Bruno acendendo o cigarro da alquimista em frente a um carro antigo, de linhas quadradas, num dia de verão. Ela pediu para guardar. Érica deixou. Cartas, dentes e o umbigo, que era, na verdade, o coto umbilical. Um pedaço do cordão umbilical que permanece ligado ao bebê entre sete e vinte dias após o nascimento e depois cai. Algumas mães guardam de recordação. Um tecido orgânico cada vez mais seco e escuro. A mãe de Bruno guardou, muito bem conservado em gazes e debaixo da terra, dentro de uma boa caixa. Ele teve acesso e a mudou de lugar algumas vezes. Depois de mais de duzentos anos, mumificado, ainda existia.

— E esses dentes enormes são os sisos dele?

— Acho que sim, não sei pra ser honesta. Mas olha isso: é justamente o que eu precisava, foi o que Bruno me mandou pegar. Não pode estar errado.

— Claro, Érica... — Ficou quieta e seguiu após alguns segundos. — Isso é estranho, Bruno não desistiria de viver.

— Será?

Elas se encararam estranho.

— Isso é tudo? — Érica quebrou o silêncio, tinha pressa.

— Não, roubarão algo de você. E lembrando, nunca funcionou. Vai se perder ainda mais.

— Não tem como me perder agora. Vai funcionar. Preciso saber como iniciar o ritual. Não posso só aparecer com as coisas.

— É um conhecimento muito aprofundado...

— Você tem?

— Sim, mas não quero abrir essa porta, Érica. Não é o caminho. Tabus existem por um motivo.

— Encontro um livro sobre isso em algum lugar?

— Hoje em dia? Claro, só não tem como saber qual funcionará.

— Qual passou mais perto até hoje?

A mulher, sem fazer contato visual e em evidente conflito interno, buscou onde guardava figuras de símbolos e tirou uma feita com caneta tinteira em um papel velho.

— É impossível desenhar. Talvez seja por isso que nunca deu certo.

Érica tirou uma foto.

— Não jogue tudo fora. Não ter nada é muito difícil.

— Ele era tudo o que eu tinha aqui.

— Ainda há o tempo. Vai conhecer infinitas existências, Érica. E você ainda tem o que tinha, aqui é também o antes.

A garota se sentiu confusa e pressionada por um familiar. Pagou, agradeceu e saiu com o olhar apreensivo para dar início ao seu plano.

Começou a organizar pela tarde. Comprou um projetor pela internet, que foi entregue no mesmo dia, e espelhou a fotografia que tirou no chão em que faria a figura para o ritual. Passou dois dias e noites inteiras desenhando e pintando com tinta acrílica, finalizando com um selador removível. Ignorou várias necessidades básicas de sobrevivência, estava frita. Sua boca tremia sozinha. Tinha a respiração curta, e a pele com aspecto de papel.

Na última manhã, teve um sonho opiáceo de figuras místicas que traziam mensagens. Nele, ouviu um pedido: *Garota, transcenda a crença coletiva como de seu costume. Quebre o tabu por mim.*

Sonhos têm milhares de significados. Talvez Bruno tenha conseguido se comunicar. Quão real era uma manifestação sua em outro plano? Talvez fosse apenas um desejo gerado pela mente de Érica. Mas ela recebeu como uma missão.

Estava em um apartamento chique de temporada, com o dinheiro das vítimas que eles tinham abatido. Depois de despertar e finalizar a figura no chão, decidiu atrair sua mãe — por quem, apesar de ter mágoas, não duvidou do amor, mesmo que tivesse gosto de ferida aberta.

Seus pais tentaram contato algumas vezes, mas ela não atendia. Finalmente, retornou as ligações, dizendo que precisava de ajuda, que estava com febre e que tinha algo de errado com seu corpo.

Érica fez isso durante um entardecer, enquanto seu pai estava no trabalho. A mãe foi até ela, saudosa e preocupada.

Quando chegou, tocou a campainha.

— Filhote? — falou na porta.

A jovem se levantou, saiu do quarto onde tinha feito o desenho no porcelanato, se dirigiu à sala e abriu a porta.

— Oi — disse ela, dando um passo para o lado, abrindo caminho para a mãe.

Ela entrou, tentando disfarçar seu receio. Tinha em mãos uma sacola de farmácia com bebidas isotônicas e ibuprofeno, e no ombro, uma bolsa reutilizável com algo pesado.

Quando olhou para filha, tentou sorrir. Mas a menina tinha uma aparência totalmente diferente de quando saiu de casa.

— Oi, filhote. Minha nossa... Não parece você. Tem comido bem? Está muito doente. Trouxe a sopinha de legumes que você gosta.

A mãe pousou a sacola ecológica na mesa central, suspirou e começou a abrir.

— Vem, se alimenta.

— Não tô com fome, vou colocar na geladeira.

Érica colocou no congelador ao lado de dois corações de mulheres que guardara outro dia.

A mãe tinha o olhar baixo. Não queria insistir, por mais que sentisse que deveria. O ambiente era escuro.

— Filhote, que saudades. O que há de errado? Que casa é essa?

— É alugada.

— Abre essas janelas, aqui está sem circulação — disse se dirigindo a uma delas.

— Não abre, a casa é minha. Por favor.

— Que isso, filhote. Vim até aqui pra me tratar desse jeito?

— Deixa as janelas fechadas.

Estranhou muito.

— Tudo bem... — Encarou a garota. — Filhote, por onde você anda? Por que não voltou pra casa?

— Estive por aqui. Não voltei porque queria outras coisas.

— Outras coisas?

— Uma vida.

— Nossa... Que profundo. Foi por isso que parou de ir ao tribunal também?

— Porque queria outras coisas, mãe...

— Não entendo... Seja mais clara. Você nunca falou de outras coisas assim.

— Nunca pude — corrigiu.

— Você sabe sempre fez boas escolhas quando contava com a gente, não sabe?

Érica nem piscou. Só apertou os lábios num traço fino, desviando o olhar para um ponto qualquer da parede. Deu um leve riso seco pelo nariz, sem humor.

A mãe tomou o ar e falou com cuidado:

— Eu só quero que fique tudo bem. Sentimos sua falta.

— Você nunca me aceitou cruamente, mãe. Só queria que eu parecesse boa, que tudo fosse lindo. — Tirava satisfação, mesmo dentro de algo que pensava ser imaginário.

— Nós fomos bons pais. Não do jeito que você queria, mas fomos.

— Mãe, honestamente, quando me olhavam, não gostavam. Amar pra vocês era condicional, dependia da minha entrega dentro de seus valores, bem específicos e restritos. Vocês amaram minhas recompensas que podiam exibir, transformar em brindes com bebidas em festas... Eu aprendi que era normal qualquer um cobrar o outro para ser passível de amor. Só sendo uma filha perfeita eu teria o direito de ser abraçada. Só sendo uma mulher eu poderia ser relacionada. — Érica se mordia, nunca tinha falado sobre isso, era proibido tocar nesse assunto. — Pensei que mostrar isso me faria ser vista por alguém que parecia querer me olhar. Sendo que o que precisava era saber que existia alguém que me amaria, sem eu dever. Mas não conhecia isso... Imagine poder simplesmente viver sem mentir, sabendo que crianças são confusas e erram?

Fez-se silêncio. Érica vomitara mil palavras sobre a mãe, como nunca fez. A mulher tampava a boca com as mãos e tinha as sobrancelhas arqueadas. Então respondeu, com a voz baixa:

— Eu te dei tudo o que tive. O que consegui. Sei que não foi o bastante... Mas eu não quero mais errar. — Ela tinha uma fisionomia mais terna. — Quando você saiu de casa, partiu nossos corações. Como chegamos aqui? — Sua voz era doce.

— Ir embora não apagou em mim o que vivemos lá. Nada mudou, vocês continuam não me vendo. — A garota estava moída. Falava com raiva, nem sabia mais do quê.

A mãe se aproximou e tentou segurar sua mão. Érica hesitou. Na segunda tentativa, ela deixou, confusa.

— Eu sei que você passou por algo agora. Sei que te afetamos muito... Seu pai não ajudou. E eu também, filhote... Não soube lidar. — Ela deu um tempo e retomou com um bem honesto:

— Desculpe... Nos desculpe, de coração.

Érica tremia. Esse contato a desmontou, não esperava. Ela começou a chorar, repetidamente. Sua mãe a acolheu, finalmente. Era uma relação distorcida, um amor intoxicante. As duas estavam feridas. Elas se sentaram no sofá, abraçadas.

— Filhote, eu te amo bem mais do que meu coração conseguiu te mostrar nos últimos anos.

— Só queria que me olhassem com um pouco da ternura que faziam quando eu era criança. — Ela soluçava, tinha dificuldade para falar. — Eu continuei a mesma pessoa, sabe? — Ela se lembrou da atual condição. — Agora tiraram de mim, de novo, tudo o que eu tinha.

— Nós?

— Não, eu. Preciso trazer alguém de volta. Preciso de você, como nunca.

A mãe pressentiu que algo ruim estava para acontecer, mas não se afastou. Seus olhos também marejaram. Alisou o cabelo da filha e a puxou para o colo novamente. Érica estava embriagada de luto, amor e culpa. Num espasmo de vontade, sem mais pedir permissão ao corpo, seus instintos decidiram que era a hora.

A jugular estourou contra seus dentes. O sangue jorrou de garganta a garganta. O corpo da mãe estremeceu inteiro, tentou recuar, mas Érica a segurava e pressionava como se fosse entrar em seu interior novamente. Ela tentou dizer o nome da filha. Mas só um som indistinguível saiu de sua garganta. Érica chorava mais e mais, com o rosto enterrado no pescoço da mãe. Ela se sentia hipnotizada, sugava mais do que precisava para transformá-la.

Quando a sentiu amolecer e a cabeça pender, finalmente largou, ofegante. Olhou para o rosto dela, familiar, tão errado naquele lugar. Negava, de maneira inédita. E só nesse momento se deu conta de que, se Bruno voltasse, teria o corpo de sua mãe, o que seria nojento, perturbador.

Mas já estava ali. Com uma faca, cortou a própria mão e colocou sobre a boca de sua mãe, depois passou por cima do pescoço aberto, deixando um rastro parecido com um colar curto, misturando seus líquidos, semelhantes.

Érica desceu o corpo do sofá e arrastou pelos pés até o quarto, deixando um traço de sangue enorme no piso. A mãe ainda piscava, seu coração batia devagar. Ela foi colocada no centro da figura no chão. Seu olhar era vazio, triste e confuso. Érica colocou os objetos de Bruno na borda da figura, cercando a mãe, que tinha os sinais vitais cada vez mais fracos. Érica a observou um pouco de fora do desenho, abraçando as pernas recolhidas no peito. Para dar início, ela se pôs de joelho e proferiu:

— Forças do além, aqui lhes trago, algo que amo, em sacrifício.

A pintura do chão, envernizada, que reluzia os pequenos feixes do cômodo, ficou opaca como carvão, selando. A atividade corporal de sua mãe parou completamente.

— Puta que pariu.

Érica começou a tremer ao ver o último fôlego que ela tirou com dentes e a sangue frio, enquanto estava aninhada em seu colo materno, com amor.

A transformação em vampiro desencadeou. Foi a deixa para continuar:

— Aqui, entrego a matéria orgânica de Bruno. E partes originais: seus sisos e umbigo mumificado. Em troca, traga-o de volta...

A mãe no centro começou a vibrar como um erro. Contrações dissonantes e gestos não orgânicos geravam uma imagem incorreta, desritmada. Apresentava uma desorientação que mães animais, quando a reconhecem em um de seus filhotes, escolhem sacrificá-lo. Seu rosto retorcia numa expressão de rejeição.

Érica, apreensiva, retomou:

— Roube o que quiser. Aceito o destino correspondente por tentar ultrapassar os limites da natureza. — Tentava acreditar. — Bruno, me ouça. Eu te invoco.

O chamado para transmutação foi feito ao mesmo tempo que a metamorfose acontecia. Uma voz com timbre distorcido, que não saiu de sua mãe, e também não se parecia com a de Bruno, reverberou dentro de sua consciência, em sussurro:

— *Porfiro entre carnes. A fome daquilo que come, fistular. Você merece restos.*

O cômodo ficou mais escuro do que antes. Sua mãe agonizava em silêncio, sem sangue de sobra na garganta. Ela teve as arestas rasgadas, aberturas começaram a se estender pela sua pele inteira. Os músculos despontavam, carne se fazia exposta.

Érica, catatônica, não conseguia descolar os olhos, quando ouviu:

— *Sua presunção é deplorável. Você abusa da vida sem medir consequências, crendo iludir a verdade. Delírio, podridão... Um erro tenro, já natimorto. Você se destrói. Se entregou ao espetáculo da própria humilhação. Não existe pureza, apenas escárnio te habita. E esse é o preço da tua arrogância.*

Então, os olhos da mãe abriram, arregalados, e encovaram lentamente para dentro do crânio, esbranquiçando e esvaindo. Seu interior começou a se insinuar para fora, efervescente, por meio dos músculos. As costelas se alargaram num som de madeira molhada estalando, e abriram como asas, saindo pela barriga. Seus órgãos escorregaram para fora, pulsando à vista. Estava virando do avesso, sem pressa.

Seus dentes e unhas começaram a crescer, não apenas os que já tinha, mas também distribuídos por partes aleatórias do corpo todo, em grandes quantidades. Em sua expressão não restava mais nada além de dor.

Um processo de putrefação inexplicavelmente rápido passou a acontecer. Assemelhando a mãe a um tumor, latejante e esturricado. Remetendo a um experimento malformado.

Subitamente, ela começou a se debater de maneira frenética. Em seguida, se arrastou em velocidade totalmente descompassada, por minutos, de forma tão compulsiva, que deixou toda sua química, tudo que lhe compunha e que tinha sido derramado para fora, contra a tinta do chão.

Não restou muito de si além de vara de ossos, que, à mostra, pressionavam os restos de músculo com aparência chamuscada. Essa coisa, que não mais se movia. Agora estava destituída de qualquer atividade e alma.

Uma corrente fria correu pelo cômodo. Érica não estava transformada, mas não reparou em que momento sua humanidade tinha a tomado de volta. Ela só pensava em como isso tinha passado dos limites. Era impossível gostar, estava cansada. Pensava: *Acorde, acorde agora.* Quando ouviu:

— *Saíste incólume. A escassez é tua graça. Deves-me gratidão. Agradeça.*

Estava estática no invólucro da morte. Não havia um sinal de vida ao seu redor e não lhe restou nada além de si própria.

— Obrigada. — Ela cochichou.

Então Érica foi infestada por detalhes de sua trajetória, esclarecimentos sobre suas relações e o que realmente havia acontecido.

Ela se deitou no chão e ficou, num estado rígido em que já parecia morta.

Sem se alimentar, vampiros ficam cada vez mais lentos e os repousos cada vez mais longos. Sentidos começam a se perder, tornando-os incapazes de atacar e se defender. Seus tecidos atrofiam, deteriorando de forma lenta e inevitável.

Sua fome e dor persistiram, sem vigor, mas intensos como nunca. Érica perdeu seus movimentos, ficando em silêncio, inerte, nessa suspensão putrefata, até seu fim.

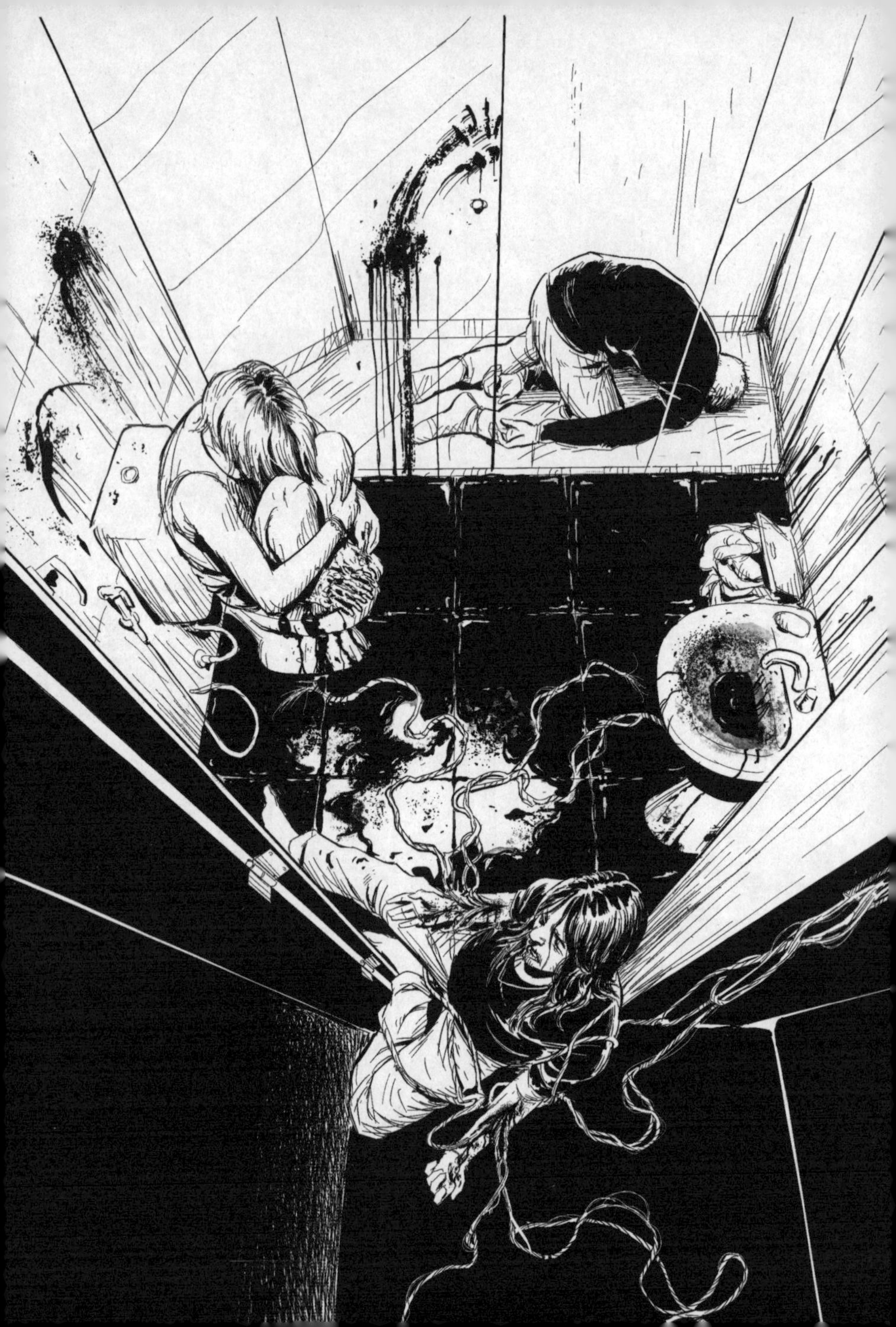

ME OUÇA DE DENTRO

Tudo começou no apartamento 402.

Dois garotos músicos, um baixista e outro vocalista, viviam no Edifício Morada do Sol. Uma tecladista, não registrada no condomínio, também passava tempo demais naquele cubículo, ninguém tinha certeza se morava lá. Os três formavam uma verdadeira banda, de nome "Fenda Final". Eles faziam o que queriam, tinham coragem, inegavelmente. E se entregavam à música, quase de forma religiosa.

Foi reportado por um vizinho, há não muito tempo, vindo de lá, um cheiro forte e sons incessantes que estavam perturbando a boa vizinhança, causando mal-estar. Para averiguação, foram enviados um policial civil, responsável pela investigação criminal, e um policial militar, encarregado da preservação da ordem pública.

Ao entrarem no prédio, depararam-se com um silêncio plano, parecia um lugar desabitado. Havia quatro andares, com dois apartamentos de quarenta metros quadrados cada. Eles foram ao encontro do síndico, um senhor de rosto vermelho, com uma coordenação prejudicada, fala arrastada e um hálito perceptivelmente alcoólico. Seus olhos amarelados estavam vítreos, com olheiras profundas e roxas. Foram juntos no elevador. A expressão daquele senhor era indistinguível, uma face de alguém confuso a respeito de si próprio. A cabeça se movia em sobressaltos, aparentando ter contrações involuntárias, como se captasse algo que só o atingia.

Chegando no andar, já era possível sentir o cheiro forte, pútrido. O policial civil, que chamarei às vezes de investigador, começou a ouvir elementos fonéticos não identificáveis e compartilhou com o policial militar:

— Esse som não parece vir de dentro do apartamento...

— Que som? O silêncio continua estranho. Só percebo nossos passos.

— Como "que som"? Escute. Também não parece vir de fora.

— Deve estar ressoando na sua mente, uma música grudada que toca sem a gente querer.

— Está em volta.

— Não há nada a ser escutado aqui, Civil.

O velho abriu a boca como quem ia falar algo importante e soluçou de um jeito agudo que deu para sentir o gosto da queimação alcoólica em sua garganta. Fez uma expressão de culpa e vergonha, seus olhos ficaram arregalados. Não disse nada. Ele tirou um maço enorme de chaves do bolso e começou a procurar pela certa.

Não conseguiu, então começou a testar uma por uma, mas errou a fechadura pelo menos uma vez até acertar o buraco. O policial militar pediu as chaves e assumiu a posição. Destrancou, mas ainda não abriu. Ele as guardou em seu bolso, disse ao síndico que devolveria na saída e pediu que se retirasse, como procedimento padrão. Um pouco contrariado, como um cão de rua que não pode ser levado para casa, o senhor foi se afastando lentamente.

No instante em que ficaram a centímetros da porta, o investigador afirmou:

— Agora você escuta.

— Não sei do que está falando.

— Eu também escuto — O síndico disse entre atropelos, com evidente receio. Finalmente conseguiu falar.

Olharam para ele, que tinha parado no meio do corredor, e antes que pudessem desenvolver sobre o que acontecia, o policial militar interferiu:

— Senhor, eu já mandei se retirar.

O velho contorceu o rosto, como num tique incontrolável. Lutou contra algo dentro de si e deu as costas em silêncio.

Quando a porta se abriu, dava para ver de imediato todos os cômodos, com as paredes incoerentemente manchadas e rabiscadas. Havia papéis e objetos de papelaria espalhados, foram usados sob pressão extrema, estourados.

Os instrumentos estavam danificados, e havia muitos cabos por toda parte. Principalmente pelo baixista, um dos garotos que morava ali. Os fios não estavam encapados e haviam sido conectados em seus pulsos, depois, à energia elétrica e, por último, foram encostados na água. Estava na entrada do banheiro, morto.

Dentro, seu amigo vocalista se encontrava também finado, mas ajoelhado, com o rosto enfiado dentro do ralo, bloqueando-o.

A tecladista estava sentada com os pés em cima da privada, abraçada contra as pernas, com um alicate de unhas nas mãos — e viva. Talvez por efeito de um choque dissociativo. Um de seus pés estava totalmente em carne sobre osso, já o outro, quase no mesmo estado, picotava naquele instante. Não tinha mais unhas, nem pele. Sua resistência era absurda, não fazia sentido biológico algum estar respirando nessas condições. Era como se algo não natural a sustentasse.

No chão havia dez centímetros de sangue acumulado misturado com água.

Os policiais entraram, fecharam e trancaram a porta.

— Largue isso e não mexa mais um músculo — disse o policial militar, apontando sua arma para a garota.

A tecladista os ignorava completamente, como se eles não estivessem ali. Seus olhos estavam vidrados na atividade. Mal piscava. Independentemente da abordagem e do volume que o policial usasse, nenhuma resposta ou som ambiente podia ser ouvido.

O investigador se encontrava paranoico, se sentindo em um ambiente contaminado por algo não visível. Tiveram que se aproximar.

A garota mexia a boca, mas não emitia nenhum som. Em silêncio, gravaram um vídeo dela e enviaram no mesmo instante para uma boa leitora orofacial, que desvendou, algumas horas depois, se tratar de constatações coerentes, ainda que obsessivas:

— *Nós não sabemos escutar. Quando a escuta for total, atravessará. Não tire de mim* — repetia.

Com coerente digo, palavras que se encaixavam. Não que fizessem sentido. Porque os outros registros são abstratos, sequências de símbolos que não correspondem a qualquer alfabeto, escritas trêmulas e rasuras compulsivas.

A garota, apesar de viva, não respondia a nenhum estímulo, a menos que a impedisse de continuar sua mutilação. Nesses casos, resistia.

Quando tentaram levantar o vocalista, a tecladista, encolhida, finalmente se manifestou, cravando sua pequena ferramenta nas costas do policial militar. Me pareceu um comportamento impeditivo de ordem, como se ele não pudesse violar aquilo.

O homem imobilizou a garota com algemas, a deixando presa à pia. Então foi seguir com o que queria. Mas o investigador também não estava mais a favor. E ele comentou que apesar de sensível, não era supersticioso. Mesmo assim, tinha um pressentimento de que não deviam retirar a cabeça do garoto do ralo.

O militar, em suas botas, segurou o jovem da saída de água pelos cabelos e o puxou para cima. Os dois não tinham tampa. Seu rosto estava totalmente consumido, com a pele arrancada, e o ralo, abismático.

Em outro andar, um grito incessante se iniciou. A tecladista adotou uma expressão sugada, se colocou em posição de idolatria e voltou a ignorá-los, anestesiada.

O investigador percebia um som presente em tudo, ainda mais alto. E era tão desconhecido, que ele não via mais nada. Agia a par do presente aos olhos e ouvidos do parceiro de trabalho.

Um equipamento de áudio registrava a tudo, desde o início. Na gravação podemos ouvir total silêncio, o grito cego cortando os segundos e o policial militar berrando com todos ao seu redor, sozinho. Ele decide destrancar a porta, se perde nas chaves e ainda fica ali dentro algum tempo. É possível ouvi-lo xingando e, estranhamente, não há nenhum barulho das chaves.

— O que é isso? — ouve-se.

Em seguida, a porta se abriu.

Ele percebeu que o investigador não fazia nem menção de segui-lo. E que havia uma frequência o cercando. Então pediu por ajuda no rádio e seguiu até o ponto de onde vinha o grito. Apesar de próximo ao local, o som ficava cada vez mais abafado.

Parou no segundo andar, número 202. Bateu na porta, mas ninguém atendeu. Uma família do outro apartamento se encontrava ali, assistindo.

— O que é isso, Senhor Policial? Que som é esse? O que está acontecendo? — uma figura jovem feminina perguntou alto.

— Eu não sei. Vocês escutam? — berrava.

Dois deles, aparentemente a mãe e o filho, entraram de volta na casa sem responder. Um homem adulto, provavelmente o pai, disse:

— Sim, crescente. O resto fica cada vez mais quieto.

— Voltem pra dentro.

O policial achou que talvez fosse um vazamento não visível.

Começou a chutar a porta. Com três pancadas, ela abriu. Uma ex-freira, de idade, reclusa e muito solitária, era quem forçava as pregas vocais, parada, em pé, no meio de um apartamento em desordem, de uma pessoa depressiva que não tinha forças para cuidar.

Ele tentou chamar sua atenção. Mas ela não desafixava a vista do chão. O militar se aproximou com conduta repressiva. E ela respondeu, cravando seus olhos nele, como um animal hostil, encurralado. Ele parou de avançar, e teve a impressão de que ela não gritava mais. Apenas estava com a boca aberta, muda, e a visão fixa na sua. Enquanto um outro ruído, recitado, ressoava soproso.

A ex-freira começou a enfiar os dedos na goela, um a um, tentando abrir mais espaço. Era possível ver suas unhas por dentro da pele cutucando a garganta, causando lesões internas. O policial militar sentiu formigamentos atrás dos olhos, como se algo rastejasse por trás das pálpebras. Pouco escutava a própria mente. Suas ordens escorriam para lugar nenhum.

Passaram-se alguns segundos, e voltou, num susto, o grito áspero e estático, junto do som de cartilagens guturais rasgando. Correu em direção à mulher e, sem precisar de muita força, a conteve. Ele ouviu sirenes se aproximando. Uma ambulância e uma viatura chegavam.

Conseguiram resgatar a tecladista, o policial civil e a ex-freira, levando-os diretamente para internação, e logo em seguida o policial militar.

Os quatro, entre alguns vislumbres de consciência que interrompiam a idolatria agora cumprida por todos, apresentaram comportamento paranoico e obsessivo, em que falavam para as entradas de esgoto do hospital coisas incompreensíveis, em línguas desconhecidas, com características arcaicas e semelhantes entre si.

Precisaram ser mantidos sedados, pois, sempre que eram impedidos de se lesionar algumas vezes ao dia, tinham ataques de pânico silenciosos. Apresentavam alívio e prazer enquanto realizavam qualquer mutilação.

Em quarenta e duas horas, a ex-freira entrou num delírio apático, apresentando insônia crônica e um nível de desnutrição insustentável — acabou morrendo.

No mesmo dia, a tecladista, dopada mais de cinco vezes com a quantidade normal de morfina, continuava lutando como um animal. Gritando:

— MAIS!

Ela berrava ininterruptamente, até que, resistindo, quebrou o maxilar de um médico que tentava soltar seus acessos. Não pedia por anestesia. Logo, a dosagem desmedida deu um fim nela, "acidentalmente".

Quanto ao investigador, estava desacordado, mas estável, não consumido. Seus sinais indicavam que sonhava, muitas vezes pareciam pesadelos.

O policial militar começou a apresentar fala repetitiva, lentidão de raciocínio e reclusão. Escreveu em bilhetes, interrompidos por rabiscos indistinguíveis e manchas escuras, algumas coisas como:

A luz range nas margens, tem um som no ralo que vira forma. Aprendi a escutar.

Logo, as pessoas no hospital passaram a relatar episódios de silêncio e aparição de um som irreconhecível. Imediatamente, foi solicitada quarentena em dois lugares, no Edifício Morada do Sol e na unidade de saúde em que os afetados estavam.

Além disso, foram encontradas evidências musicais no apartamento 402. Um EP da banda "Fenda Final", feito com instrumentos modificados, sons ambientes, metais enferrujados, respirações de canos, vibrações e barulhos de vaso sanitário, foi gravado durante uma semana, em casa. Me era familiar.

Havia uma única faixa falada, muito longa e repetitiva, em um espaço curiosamente reverberante. Ela dizia:

Aprenda a escutar. Obedeça, silenciosamente. Deixe atravessar.

A banda começou a viralizar depois da notícia das mortes, mesmo não tendo nenhuma característica popular. E dizem que, quanto mais você escuta, mais um vício se instala.

■

Hoje, a escala de contágio é quase indomável, está se alastrando com muita velocidade. As pessoas em maior dor ou histeria são as que tentam rejeitar. A forma e o tempo com que afeta cada um é diferente, varia dependendo de como são enquanto humanos. Mas, em geral, confrontar a perda do próprio cérebro desafia o som, e negar torna intolerável.

Já os entregues, como a garota dos pés, que aceitam a infecção, ficam com uma tenacidade corporal surreal. A mutilação deixa de ser um gesto de sofrimento e vira celebração, alimento. Pessoas com inúmeras partes faltando ficam jogadas pelos cantos ou dentro de casas e comércios, assim como os corpos dos infelizes contrariados.

Alguns não são afetados. Como uma linguista, um analista e eu. Apesar da improbabilidade, estamos nos esforçando para conter a propagação do som. Moramos juntos em um estúdio térreo, pequeno.

Observando as anotações daqueles que já cruzaram o limiar, a linguista pensa se tratar de uma forma de comunicação anterior à linguagem. Sem raiz conhecida. Os símbolos não a permitiram estabelecer hipótese gramatical alguma, ou reconhecer qualquer linha de comunicação. Ela acredita que os registros não se oferecem à compreensão, apenas ao conhecimento, independentemente de sua especialidade — que, pelos atingidos, é entendido sem que seja explicado. Uma presença autônoma.

A linguista é pouco afetada porque não conseguiu absorver essa coisa que não compreende, sua mente repele enquanto figura, tornando impossível "desbloquear". Tendo resistência à imposição.

O analista acredita ser um fenômeno não auditivo, mas estrutural, pela ativação de áreas do cérebro que não temos controle, gerada por uma frequência que não captamos em condições habituais.

Ele tem resistência, independentemente de onde esteja e o que faça. Atribui isso à sua sinestesia dissociativa, uma condição neurológica rara que se manifesta no sistema sensorial e altera a forma como seus sentidos se organizam.

Eu concordo com ambos, acho que o som é externo, mas que se desbloqueia acesso a ele na mente. A consciência, infectada, passa a sintonizar com algo que sempre nos rodeia, desvelando-se.

É estranho pensar que isso me atravessa. Que existe em mim.

Há alguns anos, eu era engenheiro de som, responsável pela captura, mixagem e edição de músicas em uma gravadora famosa. Utilizava de meus conhecimentos técnicos e minhas habilidades criativas para garantir a melhor qualidade em diferentes contextos. Eu bebia demais, estava em uma fase com artistas difíceis. Também era dono de um bar, um pouco decadente. Até a chegada de minha esposa, Stella Juruína, uma musicista harmônica. Eu a conheci lá, se apresentando numa noite de quarta-feira, por ser amiga de um dos funcionários.

O bar inteiro ficou em silêncio para ouvir seu trabalho, alguns se mexendo, festejando, outros com ar sonâmbulo. A atmosfera do ambiente ficou totalmente diferente de como costumava ser. Depois disso, todos passaram a voltar no bar e só iam embora na última hora.

Virei seu produtor pessoal, e ela, uma artista muito influente. Mas me aposentei por invalidez há alguns anos, por uma depressão grave e incapacitante.

Stella faleceu em um acidente. Encontraram seu corpo desfigurado no esgoto do bairro. Ela fazia pesquisas por locais de saneamento básico para descobrir sons não convencionais que usava em suas melodias, como ecos de encanamento, gotejamento de válvulas, vibrações de tubulações e assobios de ar correndo pelos canos — era exímia.

Me disseram que ela escorregou num poço, enquanto subia ou descia. Quando fui fazer o reconhecimento, seus dois joelhos estavam quebrados para trás, ela havia caído de uma grande altura, colocando todo seu peso neles. Parecia ter pernas traseiras de bode. Seus olhos não estavam danificados, mas não me buscavam, apesar de mirarem em minha direção.

Ela me deu som, me dava ordens. Nunca a entendi, mas essa era a graça. Minha musa hipnótica dos olhos claros. Me contaram que ela ainda ficou viva por alguns minutos depois da queda, mas que ninguém a ouviu. Ninguém a socorreu.

Sua vida se perdeu naquele abismo sujo, solitário, como sua antiga casa de infância.

Ela deixou um eco que reverbera em mim todo santo dia. Fiquei incapaz de trabalhar. Eu não escutava mais músicas, tudo era medíocre. Me sentia uma antena parabólica, totalmente passivo ao universo, sem vontade alguma de reagir.

É a primeira vez que estou me dedicando a algo novamente, com essas novas pessoas. Estamos trabalhando em um bloqueador para o emergente fenômeno.

Em aparelhos de medição acústica, há apenas silêncio registrado. Cancelamento ativo de ruído, que capta o som ambiente e gera ondas sonoras inversas, não funciona, assim como espumas acústicas e vidro, confirmando o que o analista acredita.

Sabemos que é um ruído contínuo, que a mente compreende como musical, mas não soa como tal. O que o emite é algo externo, mas seu contato faz com que ressoe dentro de nós, ativando uma nova atividade cerebral auditiva.

Com base nisso, estamos em busca de produzir grafeno para fazer um espelho neural. Uma única camada de átomos de carbono organizados em hexágonos, sendo duzentas vezes mais resistente do que o aço, e um ótimo condutor, que modula sinais cerebrais.

Terá que ser em grande escala, o suficiente para criar um espelho neural que cerque todo um cômodo.

Precisávamos encontrar o material pronto. Fui junto do analista a uma empresa do setor cirúrgico, focada no desenvolvimento e comercialização de produtos com aplicação de grafeno.

Cruzamos com alguns mutilantes pelo caminho. Eles não interagem conosco, o que torna mais fácil ter acesso a tudo.

Uma trupe de quatro cães de diferentes tamanhos, usando coleiras, nos abordou, procurando comida. Um deles tinha postura hostil, fiquei com medo de me morder. Mas o analista tomou frente, os conduzindo até uma *pet shop* próxima. Onde duas mulheres de meia idade se encontravam dentro das cubas de banho dos animais, encharcadas e encolhidas, não vimos bem pois não chegamos a entrar. Ele deixou os cães passarem pela porta. Seguiram direto para sacos de ração que estavam pelo chão.

Animais não se afetam, fiquei me perguntando se tirando esses que vimos, os domésticos estão morrendo de fome...

Aproveitamos para passar no apartamento 402. Atravessamos as fitas de quarentena, que estavam detonadas. Encontramos registros inéditos no computador, sem senha: anotações, traços e gravações que não haviam sido divulgadas da banda “Fenda Final”, transferimos tudo para um HD externo na intenção de ver com calma chegando no estúdio.

Na saída, cruzamos com o síndico, que eu só conhecia por imagens. O velho de corpo seco, socava uma porta de madeira, às vezes cambaleando para trás. Murmurava, e tinha os olhos amarelados, um deles esbugalhado e tremendo. Uma garrafa repousava no chão.

Quando nos viu, parou de socar a porta, contorceu o rosto num tique incontrolável, deu um soluço engasgado e sorriu parecendo me reconhecer.

Peguei a garrafa, que estava sem rótulo e com um líquido quase da cor de cobre, e bebi. Ele não se importou. Falou algo que não entendemos, eu mal ouvi. Tomei tudo.

Quando chegamos em nosso estúdio, a linguista nos contou que, durante um cochilo, teve pesadelos com línguas que nunca viu e palavras que não existem, mas não memorizou.

Começamos a produção da película protetora, usando pó de grafeno misturado com cola branca. Formou-se uma pasta cinza fosca, com cheiro artificial. Começamos a pincelar essa substância em mantas acústicas, repousadas na saída de ar da nossa geladeira para secar.

Enquanto fazíamos isso juntos, víamos àquilo que foi encontrado no computador da banda: vídeos que, com toda evidência, mostram um ritual de pacto, não com símbolos mágicos, velas ou sacrifícios teatrais, mas com desejos e homenagens artísticas, que utilizavam frequências e padrões crípticos nada convencionais.

Começava com a voz do vocalista fazendo barulhos de objetos. Honestamente, de maneira exímia, esse garoto tinha talento. Os outros se juntavam, fazendo sons mais graves e mais humanos, ao mesmo tempo que tocavam os instrumentos.

O baixista se contorcia como se os fios passassem por dentro dos seus nervos, de um jeito bem adolescente, com uma agitação impulsiva, desengonçada. E a tecladista criava camadas com um modulador, colocando distorções em sons pulsantes.

Depois, todos juntos, pedem por algo antigo, esquecido, de uma criatividade sem igual e de exímio talento, reformulado. Então harmonias deformadas, que acompanhavam sons de dutos, tomaram sua parte.

Suas movimentações se tornaram caóticas, e as luzes piscavam em um efeito de perder quadros.

Suas músicas não eram como as de Stella, uma compositora clássica, mas usavam dos mesmos recursos, puxando para gêneros alternativos. Era como se tivessem uma alma antiga no frescor da juventude fervente e recém-nascida. Eu, inevitavelmente, vi valor. Era familiar para mim. Me trouxe uma nostalgia das mais melancólicas.

Nesta tarde, a linguista apresentou febre e em seguida, nos revelou estar escutando o som, incessantemente, de todos os lados. Havia começado minutos após conferirmos os novos registros.

Acredito que depois de seu pesadelo, passou a entender, mesmo que de maneira inconsciente, parte daquela linguagem. E essa compreensão, junto da nova exposição, foi o que mudou sua recepção.

Nos contou:

— Ela se comunica. Deixou de ser incompreensível. As pausas são sintáticas. Não são mais *hipófoses*. — Sua linguagem começou a escorregar. — *Hipófoses*. — Não conseguia se corrigir. — Não me escuto.

Pegou um papel e começou a transcrever as mesmas coisas que nem ela havia decifrado antes.

— Sei que eram apenas marcas irregulares, mas escutem. — Começou a fitar nosso único vaso sanitário.

O analista pensou rápido. Correu para os poucos mantos acústicos isolados com grafeno concluídos, nosso espelho neural, que ainda não tínhamos testado. Apenas um, o primeiro, estava seco. Ela continuava:

— Esse som fez do corpo caixa de ressonância. Em nós se aloja. O simbólico foi desfeito. Não causa somente mudanças psicológicas, transforma fisicamente, como vocês pensavam. Eu literalmente sinto meu cérebro ser tocado em uma camada que nunca foi antes. Cada corte dos mutilantes é uma escuta mais profunda.

O amigo a enrolou no tecido, enquanto eu a ouvia atentamente. A linguista agarrou seus antebraços, fixou os olhos nele e disse assustada, de maneira rápida:

— Talvez seja essa a diferença entre loucura e revelação, o nome que damos ao que escapa da linguagem... — Seu rosto se movia em expressões confusas. Fez silêncio, reparava em algo. — Tenho formigas atrás dos olhos, é como se algo rastejasse dentro do meu crânio. Era mórbido e feminino. Era...

Ela, envolvida em nossa invenção, assumiu uma pose de introspecção e começou a emitir vibrações guturais sutis, coisa que fazia pelo menos uma vez por dia. Dizia que ressonava internamente, como uma meditação.

— Onde está? — Não mais ouvia o que lhe invadira. Estava contida. Então, além de aplicável, nosso espelho neural era reversor. Quem quisesse, agora poderia resistir.

Começamos a fazer um experimento de expor a linguista ao ruído, e suprimir, com nossos espelhos neurais, quando estivesse começando a perder sua mente.

Funcionou por um tempo. Mas em dado momento, ela não quis mais sair. Enquanto estava sã, pediu para voltar e ser deixada. Antes, ela falou tanto sobre, que eu também quis me deixar.

Depois de uma era tentando permanecer vivo enquanto minha mente me chamava a cada instante, me adaptei. Acredito que não me afetei como os outros nesse coletivo histérico, por conta do costume. Talvez também simplesmente, por cuidado, porque ela não quis me ferir.

Havia descoberto como se manifesta só agora, apesar de reconhecê-la desde o início. Eu escuto minha mulher há anos. E dessa forma diferente, desde a minha primeira noite sem ela. Houve um tempo em que também mal conseguia me mover.

Sempre gostei de a obedecer e contemplar, mas agora, desejo entendê-la.

Diretora-executiva
Renata Sturm

Diretor Financeiro
Guther Faggion

Administração
Alberto Balbino

Editor
Pedro Aranha

Preparação
Vanessa Nagayoshi

Revisão
Amanda Moura

Marketing e Comunicação
Bianca Oliveira,
Matheus da Costa

Projeto Gráfico
Matheus da Costa,
Matheus Cerutti

Ilustração de capa
Triz Parizotto, Emira Sophia, Mikael Silva

Ilustrações de miolo
Theo Biajoni,
Mikael Silva

DADOS INTERNACIONAIS DE CATALOGAÇÃO NA PUBLICAÇÃO (CIP)
ANGÉLICA ILACQUA – CRB-8/7057

PARIZOTTO, Triz

Letargia / Triz Parizotto. – São Paulo: Maquinaria Sankto Editora e Distribuidora Ltda, 2025.

240 p. : il.

ISBN 978-85-94484-99-4

1. Contos brasileiros 2. Horror I. Título

25-4296 CDD B869.3

ÍNDICE PARA CATÁLOGO SISTEMÁTICO:

1. Contos brasileiros

Este livro foi composto por Maquinaria Editorial nas famílias tipográficas Cinzel e FreightText Pro. Impresso na gráfica Ipsis em setembro de 2025.

maquinaria EDITORIAL

Rua Pedro de Toledo, 129 – Sala 104
Vila Clementino – São Paulo – SP, CEP: 04039-030
www.mqnr.com.br